물범 사냥

This translation has been published with the financial support of NORLA

물범 사냥

Til Nestisen

토르 에벤 스바네스 지음
손화수 옮김

책공장더불어

1
승선

"이미 제출한 보고서 외에 무슨 일이 더 있었는지 자세한 기록을 제출하라는 요청을 받았습니다. 저를 만나자고 한 이유가 이 보고서 때문인 거죠?"

마리는 확인하듯 고개를 끄덕이며 물었다.

"자, 진정하세요."

취조실 밖의 사람들 속에서 마리의 변호사가 말했다.

"이 여성은 지금 정신적 충격으로 인한 트라우마에 시달리고 있습니다. 아직도 지난 일을 시간 순서대로 기억해 내는 데 큰 어려움을 겪고 있어요."

"나오는 게 두려워?"

문밖에서 들리는 소리.

"우리 면전에 그렇게 쓰레기 같은 말을 퍼부을 정도였으니 지금 문밖으로 나오는 것도 두렵지 않을 텐데. 안 그래?"

목소리는 침착하고 차분했다. 생명을 지닌 존재의 목소리라고 느껴지지 않을 정도로 높낮이를 전혀 느낄 수 없는 말투. 누가 엿들어도 상관없다는 듯 당당했다(하긴 엿들을 사람이 누가 있겠는가). 문득 문앞에서 처음으로 말을 한 사람이 이 남자구나라는 생각이 스쳤다. 지금껏 문밖에 누군가가 말없이 있다고 생각했는데 그 짐작이 사실로 드러난 셈이다.

지난 며칠 동안 선원들과 말을 나눴는데도 목소리의 주인공이 누구인지 알 수 없었다. 이상했다.

"여기서 니가 할 수 있는 건 아무것도 없다는 걸 아직도 모르겠어? 이, 화냥년 같으니. 이게 다 니가 자초한 거야. 니가 스스로 원한 일이라고. 너도 알고 있을걸. 니가 이 배에 올라탄 게 이 모든 일의 원인이라는 걸."

마리는 이전에도 이런 상황이 있었다는 생각이 들었다.

모든 일이 끝난 후 타실라크에서 누크로 향하는 비행기에 몸을 실었다. 발 아래에 보이는 그린란드*의 얼음은 날카로운 빛을 만들어 내고 있었다. 창밖을 보려면 선글라스를 써야 했다.

비행기는 가끔 옥색의 물 웅덩이 위를 지났다. 거대한 빙하 사이의 커다란 강이나 호수일 테지만 비행기에서 보면 작은 웅덩이에 지나지 않았다. 모든 것은 상대적이구나. 문득, 푸른 호수가 보석처럼 보였다. 젖은 눈으로 호수를 바라보았다.

황반변성에 걸린 눈. 마리는 푸르스름하면서 우유 같은 액체가 진득하게 흘러내리는 병든 말의 망막을 떠올렸다.

비행기에는 조종사 두 명과 아빠가 덴마크 사람이라는 여승무원 도르테뿐이었다. 도르테가 다가와 뭐가 먹고 싶은지 물었다.

"보드카랑 오렌지 주스가 있나요?"

"죄송하지만 햄과 치즈를 넣은 바케트 빵밖에 없어요."

빵에서는 비닐 냄새가 났다. 포장된 채 냉장고에 너무 오래 넣어둔 모양이다.

문득 혼자라는 생각에 외로웠다. 발 아래 보이는 빙하와 비

---

* 대서양과 북극해 사이에 있는 세계에서 가장 큰 섬으로 덴마크 자치령이다. 수도는 누크.

행기의 프로펠러 소리에 어느덧 익숙해졌다.

누크로 출발하기 전 기장실에 초대를 받아 잠시 둘러보았다. 창밖으로 보이는 하늘을 향해 솟아오른 뾰족한 회색 산봉우리는 노르웨이의 거친 자연도 무색하게 만들 정도였다. 하지만 그것도 일종의 착시현상이다. 주변에는 높이를 비교할 수 있는 산이나 건물이 하나도 없으니까.

마리는 조종사의 유니폼을 기억해 내지 못했다. 마음 같아서는 산봉우리보다 유니폼을 기억해 낼 수 있다면 좋겠다고 생각했다.

그들은 트롬쇠의 얼음 호텔에 묵었다. 마리가 이름을 대자 직원이 키보드를 두드리더니 카드키를 밀어 주었다. 매끈한 화성암 데스크 위로 카드키를 건네며 안내원은 미소를 지었다.

"아침 식사는 오전 7시부터입니다. 식당에 가시면 우리 호텔만의 특별한 에너지 드링크도 맛보실 수 있어요. 금방 원기를 되찾을 수 있는 강렬한 음료죠. 스무디 같은 건데 생강과 오렌지, 라임과 키위를 넣어 만든 것이랍니다. 맛도 굉장히 좋아요. 노화 방지에도 효과가 좋다고 들었어요."

호텔은 새건물 같았지만 엘리베이터는 꽤 낡아 보였다. 사방을 채운 거울 외에는 모두 철제였고, 카펫과 벽지는 릴레함메르에서 열렸던 동계올림픽을 연상시켰다.

마리가 자란 집도 그랬다. 신부지 가장자리에 지은 황토색 집. 소나무가 있는 뒷마당은 언덕의 잡목숲과 맞닿아 있었다. 거실의 천장과 벽은 아름다운 무늬로 나뉘었다. 녹색 벽, 노란색 벽. 안정감을 주는 어린 시절의 집.

엄마는 거실과 부엌을 개조할 생각이었는데 아빠가 심장마비를 일으키는 바람에 계획이 무산되었다. 아빠의 심장마비는 갑작스러웠고 예상치 못한 일이었다. 엄마는 아빠가 혼란스러워할까 봐 집에 손을 대지 않았다. 아빠의 기억을 빼앗는 것은 기억으로부터 아빠를 분리하는 것이라고 생각했다. 엄마는 아빠가 재활치료에 익숙해지기 전에는 집수리를 하지 않겠다고 했다.

하지만 아빠의 건강은 호전되지 않았고, 어느날 부동산 중개업자가 다녀갔다. 그는 집 상태는 좋지만, 전근대적인 느낌이라고 했다. 전근대적인 느낌이라고?

'그들'이라 한 것은 호바르와 함께였기 때문이다. 마리는 물범잡이 어선이 육지를 벗어나기 전날 호바르를 만났다. 마리는 감독관의 자격으로 난생 처음으로 그린란드 바다로 가기로 되어 있었다.

호바르는 해수부의 우려를 전했다. 해수부는 물범 사냥의 감독관 경험이 없는 젊은 여자를 내보내는 일에 걱정을 표했다. 무려 6주 동안이나 빙하로 둘러싸인 바다에서 낯선 남자들뿐인 배를 타고 감독관 임무를 수행해야 했다.

해수부의 우려가 터무니없는 것만은 아니었다.

인간성의 밑바닥이 무엇인지 아는 사람들, 편견에서 벗어나지 못하는 사람들이라면 충분히 우려를 표할 만했다.

하지만 마리는 개의치 않았다.

보슬비가 이마 위로 떨어졌다. 예약해 둔 바닷가의 근사한 해산물 레스토랑으로 가는 동안 호바르는 내내 대구찜 요리 이야기만 했다.

마리는 감독관이 제출해야 할 보고서에 관해 물었다.

"크게 신경 쓸 일은 없습니다. 가끔 잊지 않고 확인만 하면 되는 일이에요. 확인해야 할 사항도 아주 간단해요. 발사된 실탄의 양. 죽은 물범의 머릿수. 상처만 입히고 죽이지 못한 물범의 머릿수 등이죠. 감사 보고서에 기재된 내용을 바탕으로 체크만 하면 됩니다. 그외의 사항은 필요하면 문서 끝에 따로 마련된 의견란에 기재하면 되고요."

호바르의 말에서 간단하다는 것은 무슨 의미일까? 필요하다는 것은 또 무슨 의미일까? 중요한 것과 그렇지 않은 것의 선택 기준은 뭘까?

호바르는 식사 자리에 감독관 경험이 있는 남자를 초대했다고 했다. 경험도 듣고, 내부 정보도 얻을 겸. 호바르는 '내부 정보'라는 단어를 말하며 양손을 치켜들고 따옴표 표시를 했다.

전임 감독관이라는 남자는 500cc 생맥주를 주문한 채 레스토랑에서 우리를 기다리고 있었다. 호바르는 대략 서른 살은 나이가 더 들어 보이는 남자의 어깨를 툭 치며 인사를 대신했다.

"저는 마리라고 합니다."

감독관이라는 사내의 이름은 알 수 없었다. 적어도 그날 레스토랑에서 그의 이름을 들은 기억이 없다. 그저 땀에 절은 퀴퀴한 체취만 기억날 뿐.

"아렌츠와 함께 배를 탄다는 사람이 이 여자야?"

남자는 마리의 손을 잡은 채 호바르를 향해 고개를 돌리며 물었다. 마리는 남자의 손이 주는 메시지가 있음을 느꼈다.

"그럼 새로운 직업명을 만들어야 하는 거 아닌가? 여성 감독관은 어때?"

저녁이 무르익자 함께 배를 타게 될 남자에 대해 이야기해주었다. 자기도 그 사람이랑 직접적인 연관은 없다고 했다. 함께 일해 본 적은 없다고.

"페더 앙케르 아렌츠. 사실, 나도 그와 함께 일해 본 적은 없어. 근데 당신은 잘 알지 않나, 랑에써?"

랑에는 호바르의 성이다.

"신뢰할 수 있는 사람입니다. 북극해에 관해선 전문가라고 할 수 있죠. 학자기도 하고요."

"오!"

마리의 입에서 감탄사가 터져 나왔다.

"논문은 어디에 발표했나요? 이름을 들어본 적이 없어요."

남자는 맥주잔 위로 그녀를 흘낏 봤다.

"어디에 발표했냐고요?"

남자는 매번 맥주를 마시고는 테이블 위의 서리 낀 바로 그 자리에 잔을 정확히 올려놓았다.

"적어도 학자라는 이름을 얻을 정도면 어딘가에 논문을 발표하지 않았을까요?"

"흠, 오슬로라면 그럴 수도 있겠지."•

남자가 콧방귀를 끼며 말했다.

호바르는 분위기를 잘 읽는 사람이다. 호텔로 돌아오는 길에 그 남자에 대해 '구식'이라고 표현했다. 그 남자가 아렌츠와 함께 물범잡이 어선에 승선한 적이 없다는 말을 믿지 않는 듯했다.

레스토랑 메뉴에 대구찜 요리는 없었다. 아귀찜과 초리소,•• 조기 요리와 퓌레뿐.

• 현장 경험도 없이 논문을 발표하고 학자라는 지위를 얻은 사람을 얕보는 뉘앙스가 묻어 있다._옮긴이 주

•• 초리소chorizo, 스페인식 소시지.

마리는 시간이 날 때마다 그 남자를 열정적으로 검색했다. 안절부절못했다. 특히, 그녀의 감사 보고서가 지역 신문에 실리고, 지역 방송의 전파를 타고, 전국 뉴스에까지 소개되자 더욱 그랬다. 집에만 틀어박혀 있었다. 손가락에는 경련이 일어날 지경이었다. 자리에서 일어날 때면 마음을 다잡고 몇 번이나 스스로를 다독인 뒤에야 겨우 움직일 수 있었다. 재판을 받기 직전에도 이런 일은 되풀이되었다.

그의 이름이 눈에 띄었다. 인터넷의 한 토론 사이트에서 그 남자의 이름을 찾아냈다. 레스토랑에서 보았던 그의 여성비하적 태도는 인터넷 포럼에서 더욱 분명히 드러났다.

제가 고래잡이 어선에서 감독관으로 일했던 경험을 말해 보겠습니다. 당시 저는 역사상 처음으로 신뢰할 만한 감사 보고서를 제출했습니다. 따라서 이번 사건에 대해서 제 의견을 피력할 만한 위치에 있다고 생각합니다.

이번 일을 계기로 새로운 직업군을 만들어야 하지 않을까요? 여성 감독관! 해당 물범잡이 어선에서 감독관으로 일했던 사람은 여자였습니다! 유머 감각이라곤 전혀 없는 젊은 여자였지요. 보아하니 그녀는 선원들의 유머를 받아들이지 못했을 뿐 아니라 그들의 농담에 상처를 받기까지 했던 것 같습니다.

미디어는 관련 당사자인 여성 감독관과 선장의 이름을 공개했습니다. 선장은 북극 환경에 관한 한 이 나라에서 가장 앞선 전문가이자 학자입니다. 반면 여성 감독관의 관련 경력은 어디에서도 찾을 수 없죠. 단지 그녀가 수의학을 전공했다는 사실과 무시무시한 해적선에서의 감독관 업무를 마친 후 육지로 돌아와 개인 회사를 차렸다는 사실뿐입니다.

수의학과에 입학할 때 좋은 성적은 큰 장점이죠. 하지만 성적만으로는 육지나 바다 위에서의 사냥에 관한 실제적 경험과 지식을 대신할 수 없습니다.

시간이 흐르면서 마리는 그 남자의 이름보다 자신의 이름을 검색해 보는 일이 잦아졌다.

"시간 순서대로 답변해 주세요."

"네…? 아, 네! 그렇군요. 미안합니다."

다음 날 아침, 비는 멎었지만 세찬 바람이 구름을 북쪽으로 몰아가고 있었다. 미처 땅에 닿지 못한 빗줄기는 구름 사이를 갈랐다. 선착장 근처의 아스팔트 포장은 여기저기 파여 있었다. 내리는 비는 자그마한 물 웅덩이들을 만들었다. 갈매기 떼가 보일 법도 한데 새끼 갈매기 한두 마리말고는 눈에 띄지 않았다.

M/S 크발피오르호는 선착장에 정박해 있었다. 뱃머리와 후미, 조타실은 빨간색, 나머지는 흰색으로 페인트칠이 된 배. 갑판 뒤로 와이어와 밧줄을 보관하는 공간이 보였고, 앞에는 레이더와 송전 안테나로 보이는 기둥이 우뚝 솟아 있었다. 마리는 그걸 보면서 항해 도중에 작동이 멈출 것이라곤 생각도 하지 못했다. 배의 외부적 모습에는 거의 관심이 없었다.

호바르는 이 배가 50년대에 건조된 선박이라고 했다. 배가 그토록 오래된 것이라니. 마리의 눈에는 선착장에 있는 80년대에 건조된 저인망식 트롤 어선이나 다를 바 없었다.

자세히 보니 선박의 후미와 배수구 가장자리에 흰색 페인트 사이사이로 녹슨 부분이 보였다. 인간의 늙은 몸에 찾아온 관절통 같았다.

짙은 청색 스웨터를 입은 페더 앙케르 아렌츠가 승선용 다리에서 내려 걸어왔다. 목 부분에 지퍼가 달린 스웨터에는 여기저기 보푸라기가 일어나 있었다. 생각했던 것보다 키가 훨씬 작았지만 근육질의 단단한 몸이었다. 나이는 60대 전후 정도 됐을까? 짧은 곱슬머리는 희끗했고, 수염은 머리카락보다 짙었다. 눈동자는 얼음만큼 차가운 푸른색이었다. 이마와 양볼을 잇는 깊은 주름살 때문인지 왠지 모르게 슬퍼 보였다. 잊을 수 없는 기억들 때문에 고통스러워하는 것처럼.

눈이 젖은 듯 보였다. 마리는 젖은 눈동자라는 표현이 적절하다고 생각했다.

자기 소개를 하며 마리와 간단한 대화를 나눈 아렌츠는 선착장에서 호바르와 나직하게 대화를 주고받았다. 마리는 먼저 배에 타려고 했는데 승선용 다리가 많이 짧고 가팔랐다. 등에 멘 배낭이 무거워 균형을 잡기가 힘들었기 때문에 양쪽 손잡이를 힘주어 잡았다. 뒤를 돌아보니 호바르는 배에 오를 생각이 없는 듯했다. 마리는 살짝 당황했다. 지금 몸을 돌려 다시 뭍으로 내려가면 바보처럼 보일 것 같고, 그렇다고 계속 걸어 배로 들어가자니 필요 이상으로 열정적인 사람으로 보일 것 같아 주저했다.

선착장과 배 사이, 바다와 육지 사이에서 걸음을 멈추고는 한참을 가만히 서 있었다. 호바르는 마리에게 손을 흔들며 행운을 빈다고 소리쳤다. 무슨 일이 있으면 언제든 주저하지 말고 전화나 이메일로 연락하라는 말을 남기고 호텔 방향으로 사라졌다.

제대로 인사도 나누지 못했다. 마리는 호바르에게 물어볼 게 있었지만 이미 때는 늦었다.

아렌츠가 배로 돌아오기 위해 승선용 다리에 발을 올렸다. 몰아친 파도가 금속 다리에 부딪쳤다.

마리는 아렌츠의 뒤를 따라 식당으로 갔다. 앉아 있던 남자 둘이 가볍게 고개를 끄덕이며 인사했다. 그들은 마리가 승선할 것을 이미 알고 있었던 듯하다.

마리가 간단하게 자신을 소개했다. 일등 사수라며 자신을 소개한 남자는 에릭 헨릭센이었다. 푹신한 안락의자에 앉아 휴대전화를 만지작거리고 있었다. 40대 전후반으로 보였다. 창가 테이블 앞에 앉아 사냥과 낚시 잡지를 읽고 있는 남자는 아렌츠와 나이가 비슷해 보였다. 55살 정도? 그보다 몇 살 어릴지도 모르고. 이름은 빌리 이스타(Willy Istad).

아렌츠는 커피를 따르며 말을 이었다. "좀 늦었군요. 방금 전만 해도 하고 싶어했는데 말이죠(villig i stad)!"(노르웨이어로 조금 전에는 무언가를 할 의향이 있었다는 말로 해석될 수 있는 말장난_옮긴이 주)

아렌츠는 앉아 있는 두 남자에게 시선을 던진 후 껄껄 웃기 시작했다. 등이 너털웃음을 담고 흔들렸다. 아렌츠가 계속 외쳤다.

"빌리 이스타, 빌리 이스타!"

빌리는 조용히 웃다가 곧 콧수염 사이로 미소를 감췄다.

"저와 페더는 고향 친구입니다. 일손이 필요하면 물범 가죽 벗기는 일 정도는 도울 수 있을 것 같아서 자원했습니다."

아렌츠는 갈색 기름칠을 한 의자에 앉았다. 소나무 재질의 틀에 쿠션을 채워 넣고 가죽을 입힌 의자였다. 낡은 가죽은 여기저기 헤지고 갈라져 있었다. 에릭이 앉은 의자도 상황은 비슷했다. 아렌츠는 마리에게 커피가 담긴 머그잔을 밀어 건넸다. 마리는 식당을 둘러보며 벼룩시장 같다고 말했지만 아무도 반응하지 않았다.

"다른 사람들은 어디에 있나요?"

주제를 슬쩍 바꾸었다. 아렌츠가 커피를 입으로 후후 불며 말했다

"크리스토퍼는 아직 자고 있습니다. 어제 시내에서 놀다 늦게 왔어요. 앞으로 몇 주는 이런 기회가 없으니까요. 배 안에선 음주 금지예요."

"몇 살인가요?"

"열아홉."

"성은요…. 아, 참, 그건 그렇고 보고서를 작성할 때 필요한 정보를 미리 준비하고 싶어요. 포획물에 하카픽•을 사용한 경우도 증명해야 하고요."

아렌츠는 커피를 한 모금 마신 후 천천히 말문을 열었다.

• 하카픽hakapik. 물범 사냥에 쓰는 다목적 사냥 도구. 끝부분에 머리를 으스러트릴 때 사용하는 몽둥이와 사체를 끌고 가는 데 사용하는 갈고리가 달려 있다.

"렌스빅. 크리스토퍼 렌스빅."

"3등 사수인가요? 아님 가죽 벗기는 일을 하나요?"

"2등 사수입니다." 아렌츠는 고심하던 결정을 방금 내린 것처럼 고개를 끄덕이며 나직하게 말했다. 스스로도 이제야 앞뒤가 맞는다고 느끼는 것처럼 보였다. "빌리는 전적으로 나를 도와주려고 배에 올랐어요."

"선원이 더 많은 줄 알았는데요?"

"그게 행운이 따르지 않았어요. 항해사가 손가락이 자동차 문에 끼어서 부러지는 바람에 배에 못 탔죠. 덕분에 내가 그 역할까지 해야 해요. 그외에는… 글쎄요. 어쨌든, 충분한 인력을 구할 수가 없었어요. 물범 사냥꾼이 영웅대접을 받던 때는 지났거든요. 바다로 나가고 난 후에 해운회사 측에서 보낸 다른 배와 접선해서 인력을 보충할 계획입니다."

마리는 그제서야 커피를 한 모금 마셨다. 맛과 향이 신선했다. 오랫동안 보온병에 담겨 미적지근하게 변해 버린 커피와는 차원이 달랐다. 아렌츠의 앞 테이블에는 담배가 놓여 있었다. 말보로라는 것을 알 수 있었지만 그외 글자는 키릴 문자*로 적혀 있어서 담뱃갑에 적힌 경고문은 읽을 수 없었다. 식당에 있던 남자들이 동시에 담배에 불을 붙이자 아렌츠가 마리에게 담

---

* 키릴 문자cyrill. 현재 러시아어의 모태가 된 문자.

배를 권했다.

"사양할게요. 담배를 피지 않아서요." 그리고 재빨리 말을 이었다. "파티에 가면 가끔 스누스•는 피죠. "

호바르가 해 준 조언이다. 첫 만남에서 자연스럽게 대화를 하면서 가까워질 수 있으면 반은 성공한 것이라고.

• 스누스snus, 잇몸과 입술 사이에 끼워 사용하는 무연 담배.

마리는 객실로 가는 길에 구명복*을 보관한 옷장을 지나쳤다. 옷장 문에는 바다에 빠져 허우적거리는 사람을 묘사한 그림도 붙어 있었다. 빨간색 구명복은 가격표와 상표까지 붙어 있는 한 번도 사용한 적이 없는 새것이었다. 자세히 보니 화재를 지연시키는 난연 기능도 있는 클로로프렌고무 재질이었다. 이게 안전에 도움이 될지 전혀 도움이 안 될지 알 수 없었다.

---

* 구명복survival suit, 찬물에 조난당했을 때 몸을 보호하기 위해 입는, 온몸을 싸는 고무 재질의 구명복.

객실 문도 빨간색이었다. 선체나 구명복보다 훨씬 짙은 빨간 색이었지만 여기저기 색이 벗겨지고, 벌어진 틈에는 톱밥이 채 워져 있었다.

언젠가 본 적이 있는 문 같았다. 뉴스에서 봤던가. 자물쇠는 망가졌고, 불에 탄 흔적도 보이는 문. 복도에는 그을린 자국도 있었다.

배가 선착장을 벗어나기 전, 마리는 객실 문을 잠갔다. 창밖 으로 트롬쇠 풍경이 멀어졌다. 엔진이 켜지자 배낭을 풀기 시 작했다.

객실은 넓지 않았다. 한쪽 구석에 침대와 나직한 책상이 있었다. 세면대가 있었던 것 같은 자리는 널판지로 막아 놓았고, 배수관으로 보이는 두 개의 파이프 위에는 거울이, 옆에는 소나무로 가장자리를 마무리한 코르크 보드가 걸려 있었다.

학창 시절 처음으로 살았던 자취방에도 비슷한 코르크 보드가 있었다. 갑자기 피곤함이 훅 밀려들었다. 자취방의 코르크 보드에는 전에 살던 학생이 "환영합니다."라고 적힌 종이를 형형색색의 압정으로 꽂아 놓았었는데 눈앞의 보드는 텅 비어 있었다.

객실에서 나와 복도를 걸으며 구명복이 걸려 있는 옷장의 거친 표면에 손가락을 대보았다. 예전에 산드네스에서 사흘 동안 구명 훈련을 받으면서 이런 옷을 입어본 적이 있다.

훈련 마지막 날, 다른 참가자들과 캡슐 같은 작은 구명정 안에서 얼굴을 마주한 채 앉아 있었다. 잠시 후, 구명정은 요타보겐 호수의 10미터 수심 속으로 던져졌다.

북극해에서 물에 빠진 사람을 구조하는 방법은 수면 위에서 끌어올리는 것이라고 했던가.

잠시 후 구명정은 코르크 병마개처럼 수면 위에 둥둥 떠올랐다. 그러나 이 배에는 구명정이 없었다. 눈에 띈 것은 오직 고무보트뿐.

당시 훈련 교관은 해수부에서 파견된 사람이었다.

"흔히 구명복을 생존 장비라고 하는데 우리는 생존 장비라는 말을 사용하지 않습니다. 의미상 구명복이 더 정확하다고 보기 때문입니다. 구명복은 생존을 보장해 줄 수 없어요. 또한 구명복도 여러 종류가 있어서 방수, 방한 기능에 큰 차이가 있습니다."

모두들 식당에 모여 있었다. 잠에서 깬 크리스토퍼는 의자에 앉아 노트북을 보고 있다가 마리를 발견하고는 미소 지었다. 헤어젤을 바른 금발 머리 일곱 살 소년의 천진한 미소를 떠고 있지만 켈트족 십자가 목걸이를 하고, 뱀과 잉어 문신이 어깨에서 손목까지 이어져 있었다. 형광색 작업복 안에 흰색 반팔 티셔츠를 입고 있었다.

아렌츠는 마리에게 이번 일과 관련된 경험이나 지식이 있는지 물었다.

"저는 수의사입니다."

그녀의 말에 고개를 그덕였다.

"사냥 자격증도 있고요." 그녀가 빠르게 덧붙였다.

"오, 그런가요? 그럼 물범 사냥에 도움을 줄 수도 있겠군요?"

"글쎄요, 실질적인 경험은 별로 없어서…."

마리가 말끝을 흐렸다.

"상관없어요. 여기 크리스토퍼도 마찬가지예요. 사실 당신이 도울 수 있는 일은 사냥 외에도 많아요. 물범 지느러미를 자르는 일이나 가죽을 벗긴 후에 세면대를 씻는 일도 있고."

아렌츠는 마리의 의사를 묻는 게 아니었다. 그의 말에 물음표는 없었다.

마리는 아빠와 사냥 자격증 시험에 함께 도전하자는 말을 주고받은 적이 있다. 아빠가 심장마비를 일으키기 전에 둘은 함께 맹수 사냥 시험을 보려고 했었다. 하지만 아빠는 의식불명 상태로 자리에 누워 버렸다. 그래서 혼자서라도 시험을 봐야겠다고 마음먹었다. 아빠에게 바치는 일종의 헌사 같은 거였다. 언젠가는 사라져 버릴 삶, 약속을 지키고픈 마음, 그것 때문이었다.

배에서 음식다운 음식을 먹으려면 시간이 필요하다. 선원들이 선착장 코앞에 있는 피자집에 주문한 피자가 오고 있었다. 배달원이 김이 모락모락 나는 피자 세 판을 들고 승선용 다리에 오르자 뜨거운 종이 상자와 페퍼로니 냄새가 코를 찔렀다.

그날 밤 11시에서 몇 분이 지난 시각, 배가 출발했다. 트롬쇠 다리 위에는 새털처럼 가벼운 구름 뒤로 희미한 햇살이 비추어 내리고 있었다. 백야였다. 바람은 보슬비를 동쪽으로 몰아갔다. 뱃머리 앞쪽의 만은 평평하게 뻗어 있었다. 한밤이 아니라 안개가 짙게 깔린 여름의 아침 같았다.

마리는 사격 스탠딩 위치에서 선원들과 뱃머리 쪽을 바라보았다. 검은머리물떼새 세 마리가 눈앞을 가로질러 날았다. 새들이 자취를 감춘 후에도 새 울음 소리가 남았다.

어렸을 때는 검은머리물떼새를 두려워했다. 울부짖는 소리만 들어도 괜히 불안했다. 검은머리물떼새의 울부짖는 소리는 새들이 날카로운 바늘에 찔려 비명을 지르는 것 같다고 아빠에게 말하기도 했다.

물론 어릴 때의 두려움은 자취를 감춘 지 이미 오래다. 사냥 자격증 시험을 본 후였다. 유조선이 침몰한 바닷가 마을로 자원봉사를 갔다. 유조선에서 새어 나온 기름에 뒤범벅이 된 새들을 구하기 위해서였다. 불쌍하게도 검은머리물떼새의 몸에서 기름이 묻지 않은 곳은 빨간 부리뿐이었다.

그곳에서는 검은머리물떼새의 비명 소리를 듣지 못했다. 비

눈물로 몸을 씻길 때도 비명은 없었다.

다음 날, 마리는 아침 일찍 객실에서 나왔다. 식당에서 달걀 프라이, 베이컨, 토마토 소스에 익힌 콩 냄새가 났다. 하지만 샤워부터 하기로 마음먹었다. 바다 위에 있는 동안은 서두를 일이 아무것도 없을 것 같았다.

마리는 맨발로 식당의 반대쪽 복도 끝에 있는 샤워실로 갔다. 복도 바닥 곳곳은 오랜 세월 덧칠한 페인트가 벗겨져 있었다. 바닥 처리를 제대로 하지 않은 습기 찬 지하실을 걷는 느낌이었다. 잊었던 기억이 곳곳에 숨어 있다가 덮치는 것 같았다.

샤워기와 수도관, 보일러가 전부인 샤워실은 너무 좁아서 샤워기 바로 아래에서나 겨우 몸을 돌릴 수 있었다. 보일러 앞을 지날 때는 몸을 옆으로 비스듬히 해야 겨우 발을 뗄 수 있었다. 몸집이 큰 선원들은 이곳을 어찌 지날지 궁금했다.

샤워를 하는 동안 샤워 커튼이 자꾸만 마리의 몸과 보일러 쪽으로 달라붙었다. 샤워 커튼이 보일러에 붙으면 불이 날 것 같아서 샤워를 하면서도 틈만 나면 커튼을 몸 쪽으로 당겼다. 바닥에 물이 고이기 시작했다. 물이 빠질 수 있도록 바닥을 비스듬하게 설계해야 하는데 그렇지 않았다. 바닥에 고인 물은 배가 움직일 때마다 출렁거렸다.

샤워를 마치고 수건을 몸에 두른 채 문밖 의자에 둔 옷을 가지러 나갔다. 그런데 옷이 없었다. 놀라서 서둘러 객실로 돌아가 보니 차곡차곡 개어진 옷이 있었다. 샤워실로 옷을 가져갔다고 착각한 것 같았다. 배에서의 첫날이라 생각할 게 너무 많았다. 그래서 착각한 거라 생각했다.

아렌츠는 거의 하루 종일 키와 계기판 옆의 안락의자에 등을 기대고 앉아 있었다. 마리가 다가가도 거의 관심을 주지 않았다. 창으로 보이는 바다나 커피잔에 시선을 둘 뿐이었다. 머리는 파도에 맞춰 리듬을 타며 천천히 움직였다. 마치 머리를 움직이며 몸의 균형을 유지하는 것 같았다. 가끔 초단파 무전기에 귀를 가져가기도 했다.

마리는 잠을 잘 때도 파도에 맞춰 머리가 움직이는지 궁금했다.

일상의 단조로움은 예상보다 훨씬 일찍 찾아왔다.

크리스토퍼는 거의 하루 종일 노트북으로 게임을 하다가 가끔 포르노를 봤다.

"차라리 취미 생활을 해보는 게 어때?"

마리는 옆에 있는 기타를 흘낏 바라보며 농담처럼 말을 걸었다.

"제 취미는 포르노 보기랑 음주가무예요. 근데 배에서는 술이 금지니…. 그리고 이건…." 기타를 가리키며 말을 이었다.

"여자들 꼬실 때나 쓰는 거예요."

"그렇담 지금 한 번 해보는 건 어때?"

크리스토퍼는 마리의 말에 미소만 지을 뿐 아무 말도 하지 않았다. 첫 만남 때 자연스럽게 대화를 하고 가까워지는 게 중요하다고 했던가. 그녀는 기타줄을 살짝 튕겼다. 어쿠스틱 기타였다. 크리스토퍼는 왜 클래식 기타를 사용하지 않을까. 배에서 하는 일은 험해서 손가락이 상할 텐데.

크리스토퍼의 노트북은 마리가 맨 처음 썼던 노트북과 같은 거였다. 노트북에는 록밴드 모터헤드의 스티커가 붙어 있었다. 또 '좀비 킬러', '고기는 살인(Meat is murder)'이라는 글이 쓰여 있었다. 마리는 그걸 보면서 현 시점에 매우 적절한 말이라고 생각했다.

"그건 여자친구가 붙여 놓은 거예요. 저보다 어렸어요. 세 살 정도. 평범한 걸 거부하는 얼터너티브라고 해야 하나, 아무튼 그런 성향이었죠. 검은색 화장을 하고 팔레스타인 스카프를 두르고."

"지금도 만나?"

"아뇨! 절대! 어느날 동네에서 자취를 감췄어요."

두 10대 남녀의 나이가 어땠을지 마리는 혼자 짐작했다.

크리스토퍼는 여전히 작업복을 입고 있었다. 노란색 형광 선이 쳐진 상의, 바지에 장비를 매다는 고리와 깊숙한 주머니가 있는 작업복. 전 직장에서 일을 그만두면서 작업복을 가지고 나왔다고 했다. 아는 사람의 도움으로 일자리를 얻어서 굴착기와 불도저도 운전해 봤다고 했다. 정부에서 운영하는 직업 소개소는 전혀 도움이 되지 않았다고.

"두 달 일했어요. 수습사원이었는데 일이 지루해서 견딜 수가 없었어요. 결국 관뒀죠."

마리는 자신의 노트북에 붙어 있던 스티커를 떠올렸다. 헤어진 애인이 노트북에 붙여 놓은 애플사의 로고 스티커. 부품을 재활용하려고 노트북을 들고 전자제품점에 갔더니 점원이 다른 브랜드의 노트북에 붙어 있는 애플사의 로고 스티커를 보고 코웃음을 쳤던 기억.

마리는 빌리와 사냥에 대해 이야기를 나눴다. 분위기는 꽤 좋았다. 그는 아프리카와 캐나다의 마니토바에서 야생동물 사냥을 한 적이 있다고 했다. 극지방의 특이한 민물고기를 잡으려고 그린란드에도 몇 번 갔었다고.

차의 헤드라이터 빛이 새끼 고양이의 눈에 반사되었다. 아빠가 갓길에 차를 세운 후에도 길고양이는 자리를 피하지 않았다. 마리와 아빠는 차문을 열고 밖으로 나갔다. 한눈에 고양이가 큰 상처를 입었다는 사실을 알 수 있었다. 아빠는 집으로 들어가라고 등을 떠밀었지만 마리는 고개를 저었다.

"병원에 데려가야 해요."

"아가, 동물병원에 데려가도 소용이 없어. 수의사도 고양이를 못 살려."

"그럼 누가 살려요?"

"아무도 없어."

아빠는 트렁크로 가서 타이어를 바꿀 때 쓰는 잭을 들고 돌아왔다.

"고양이는 상처 때문에 괴로운 거야. 우리가 아프지 않게 도와줘야지. 아빠가 무슨 말을 하는지 알겠어?"

"고양이를 죽일 거예요?"

고양이가 계속 쳐다보고 있었기 때문에 마리는 마음이 너무 아팠다.

"그게 최선이야. 고양이를 위해서."

"꼭 죽여야 해요?"

"나도 그러고 싶진 않아."

아빠가 딸의 어깨에 손을 얹었다. 다른 한 손에는 여전히 잭을 든 채로.

"우리는 가끔 하고 싶지 않은 일도 해야 해. 필요하기 때문이지. 이것도 동물을 보살피는 방법 중 하나야."

아빠가 조심스레 들어 올린 새끼 고양이는 작은 실뭉치처럼 작았다. 고양이는 아빠의 손 안에서 신음 소리도 제대로 내지 못했다. 아빠는 마리에게 다시 한 번 집으로 들어가라고 말했지만 마리는 눈 쌓인 대문 앞에서 헤드라이트 불빛을 받으며 꼼짝도 않고 서 있었다. 부엌 창의 커튼 사이로 엄마의 얼굴이 보였다.

집 뒤의 숲 쪽에서 잭을 바위에 내려치는 소리가 들려왔다. 아빠는 고양이의 고통을 줄여 주기 위해 어쩔 수 없는 선택을 했고, 딸이 그것을 이해할 만큼 성숙하다고 생각했다.

어린 시절의 기억이 떠오른 것은, 빌리의 얼굴이 그날 숲에서 고양이를 잭으로 내려친 후 걸어 나오던 아빠의 얼굴과 너무나 닮아 있었기 때문이다. 마리는 빌리가 내성적인 사람이라고 생각했다. 하지만 앞으로 닥칠 어느 날, 마리는 자신의 내면을 내보이지 않는 사람의 성격을 멋대로 짐작하지 않으리라 마음먹게 된다.

밤이 되자 엔진의 회전수가 줄어들었다. 백야의 바다는 밤이라고는 하지만 해가 중천에 떠 있어서 밤 같지도 않다. 낮에도 마찬가지였고, 오전 오후를 막론하고 항상 거뭇거뭇한 회색 공기가 배를 둘러싸고 있었다.

배 안의 공기와 날씨는 우중충하고 단조로웠다. 다만 바다는 시간에 따라 약간의 변화가 있었다. 며칠은 마치 까맣고 매끈 매끈한 석유를 연상시키듯 어둡고 묵직했는데, 또 다른 며칠은 투명한 살얼음 같았다. 그런 날이면 배가 파도를 가르며 전속력으로 항해하는 것 같기도 했다.

마리는 이렇듯 매 순간 떠오르는 잔상들을 모두 기록했다. 비록 이러한 기록이 감독 보고서에는 포함되지 않는다는 것을 알지만. 그녀는 배 뒤편으로 나타났다가 멀어지는 잔물결을 보면서 고등학생 때 발표했던 내용을 떠올렸다.

황금빛 물결이 일렁인다. 망망대해는 거대하고 가치 있는 것들을 엄청난 힘으로 여기저기 옮기고, 이때 생겨나는 수많은 잔물결은 작은 파도를 만들며 세상의 구석구석을 찾아간다. 안절부절못하는 듯 움직이는 파도 위에는 가끔 하얗고 푸르스름한 물거품이 일기도 한다.

문득 머릿속에 찾아드는 생각이 모두 너무 단조롭고 비슷하다고 느꼈다. 게다가 그런 생각들은 순식간에 찾아들었다가 사라지곤 했다.

마치 담배 연기처럼.

선원들은 식당에 앉아 쉴 새 없이 담배를 피우는데 저녁이나 밤에는 갑판으로 나가 피우곤 했다. 그럴 때면 마리의 객실 문 사이로 담배 연기가 새어 들어왔다. 둥근 창(흔히 선박의 작고 동그란 창을 황소눈알이라 부르는데 마리는 그 단어가 싫었다)이 선박의 좌현 램프 아래에 있어서 객실 벽은 항상 창을 통해 새어 들어오는 불그스름한 불빛으로 물들었다. 침대에 누워 있으면 꺼지지 않는 촛불 같은 빛을 받으며 그들과 함께 고요한 순간을 나누는 셈이었다.

한두 번쯤 객실 밖으로 나가 함께 담배를 피우기도 했지만 얼마 가지 않아 그만두었다. 대화가 쉽지 않았다. 그들은 혼자 있기 위해 그곳에서 담배를 피우는 것 같았다.

마리는 코끝을 간질이는 흐릿한 냄새에 잠이 깼다. 좁은 침대에서 몸을 일으켜 멍하니 앉아 있으려니 갑판에서 흘러들어오는 담배 연기가 평소보다 셌다. 담배 연기에 섞여 희미한 소리도 함께 들렸다. 마치 누군가 담배를 피우며 그녀의 객실 문 바로 앞에 서 있다는 느낌을 지울 수가 없었다.

괜한 생각을 하는 것 같아 머리를 저었다. 흔들리는 배 안에서는 방향 감각을 쉽게 잃기 마련이다.

마리는 샤워실 문 밖에 갈아입을 옷을 두면 안 되냐고 물었다. 옷이 젖으니 샤워실 바닥에 둘 수도, 불이 날까 봐 보일러 위에 둘 수도 없어서 갈아입을 옷을 문밖에 두었는데 이번에도 샤워를 마치고 나오니 옷이 없었기 때문이다. 옷은 지난번처럼 객실에 있었다.

하지만 아무도 마리가 무슨 말을 하는지 이해하지 못하는 것 같았다.

마리는 에릭과 좀 더 가까워졌지만 대부분의 시간은 크리스토퍼와 보냈다. 에릭과 그녀의 나이 차이는 크리스토퍼와의 나이 차이와 다르지 않았지만 어쩐지 크리스토퍼와 훨씬 더 쉽고 자연스럽게 가까워졌다. 나이 차이는 아래를 향할 때보다 위로 향할 때 더 커 보이기 마련이다.

더욱이 에릭은 단 한 번도 그녀에게 먼저 말을 걸지 않았다.

에릭과의 소원함은 나이 차이로 인한 거리감 때문이 아니라 차가움 때문인 것 같았다.

에릭은 귀쪽 머리카락은 은빛이 섞인 금발이지만 턱수염은 백발이 성성하다.

에릭의 외모가 평범하다고 언젠가 말했는데 그게 누구에게 한 건지는 기억이 나지 않는다. 누군가의 외모를 설명해 보라고 할 때 자세히 묘사하기란 쉽지 않다. 특히 평범한 외모를 가진 사람은 더 그렇다.

평범한 설명은 누구라도 될 수 있다. 동네 아저씨, 친구 아빠, 목재상 주인.

바람이 불 때면 격벽 사이에서 윙윙 소리가 났다. 머리를 밖으로 쑥 내밀면 바람 소리를 귓전에서 느낄 수 있었다.

다행히 이 배는 날씨에서만큼은 운이 좋았다. 바람이 잠잠해지면 사람들은 사격 연습을 했다. 과녁은 선미의 양쪽에 막대기를 세워 고정했다. 사격 연습을 할 때면 선박 후미 쪽에서 어슬렁거리는 사람은 아무도 없었다. 사람들은 쌓아둔 동아줄 더미에 몸을 기대고 사격 연습을 하는 이들을 지켜봤다. 마리도 마찬가지였다.

사람들은 틈만 나면 사격 연습을 했다. 배가 움직이지 않을 때, 천천히 항해할 때, 바람이 심하지 않을 때면 때를 가리지 않고 총을 쏘았다. 무전기를 통해서 앞으로 계속 날씨가 좋다는 소식이 전해졌다.

마리도 몇 번 직접 총을 쏘았다. 그래야만 할 것 같아서였다. 하지만 성적은 그리 좋지 않았다.

라이플의 실탄 사용과 관련한 규정 4조 1, 2항을 따랐는가?

그렇다 [V]   아니다 [   ]
구경 .222 & .308

'아니다'에 체크를 했다면 실제 사용한 실탄을 기입하시오.
선장에 따르면 .222구경실탄으로 3800발을 쏘았고, .308구경
실탄으로 600발을 쏘았다고 함.

반자동 소총을 사용할 것인지 물어본 사람은 에릭이었다.

"칼라시니코프?" 아렌츠가 되물었다. 그들은 식당에 함께 앉아 있었고, 빌리는 나가 있었다. "난 반대네. 앞으로도 그걸 사용할 일은 없을 거야."

훗날 마리는 감독 보고서에 칼라시니코프라는 단어를 적은 것을 후회했다. 누크에 있었던 며칠은 너무 바빴다. 기록할 사항이 너무 많았다. 하나도 빠트리지 않고 모두 적으려다 보니 요약에 요약을 더해야 했다. 잊은 것은 없는지, 내용이 허술한 곳은 없는지 온 정신을 보고서 작성에만 집중했다.

칼라시니코프를 적은 것은 실수였다. 언젠가는 다시 언급될 것이 확실하다고 생각해서 총 이름을 구체적으로 적으려 했던 게 문제였다. 치솟는 화를 못 이겨 총 이름을 휘갈겨 쓰는 와중에도 마음을 진정시키고 이성을 유지해야 한다고 생각했다.

하지만 그러고 싶지 않았다.

실수로 언급했던 총 이름은 두고두고 마리를 궁지로 몰았다. 그 때문에 신뢰를 잃었고 감정에 휘둘리는 사람이라는 낙인이 찍혔다. 어떤 일이 사실 관계에서 조금만 벗어나도 네티즌은 절대 그걸 놓치지 않는다. 이번에도 마찬가지였다.

그 여자 감독관 보고서를 보니 칼라시니코프에 관한 문서적 증거는 어디에서도 찾아볼 수 없어. 선장이 그러는데 그 총은 테스트용으로 언급만 했을 뿐 실제로 사용된 적은 없대. 그 여자가 상황을 완전히 오해한 게 분명하네. 총에 관해서는 완전 무지한 여자 주제에.

그 여자는 선원들 사이에서 모든 자동 소총을 칼라시니코프라

고 부르는 것도 몰랐네. 진짜 심각해. 선원들이 언급한 반자동 소
총은 엄격히 말하면 칼라시니코프가 아니라 발메트 페트라잖아.
핀란드 티카 사에서 만든 거.

훗날, 마리는 무기 제조사와 모델명, 원산지에 관한 질문에
끊임없이 대답해야 했다. 그래서 무기 생산 및 냉전에 관한 정
보를 위키피디아에서 찾아볼 정도였다. 이를 바탕으로 같은 질
문에 같은 대답을 되풀이해야만 했다.

하지만 그 어느 누구도 '반자동 소총으로 새끼 물범을 사살
했는가'라는 질문은 하지 않았다. 마리는 그런 질문을 받은 기
억이 없다.

"항해 중에 특별히 의미 있는 일이 있었다고 생각되지 않습니다."

"송전 안테나는요?"

선박에 장착된 송전 안테나가 밤새 부러졌다. 마리는 이 사실을 다음 날 아렌츠가 별 것 아니라는 듯 스치는 말로 하는 바람에 알게 되었다.

"지난 밤에 거의 바람이 불지 않았잖아요."

"그러게요. 나도 이상하다고 생각해요."

아렌츠는 대답을 하면서 안락의자에 기대 앉아 무료하다는 듯 쌍안경으로 먼 바다를 바라보았다.

"어떻게 그런 일이 일어났는지 나도 이해할 수가 없어요."

"그게 무슨 뜻이죠? 그러니까 제 말은… 송전 안테나가 부러졌다는 게 무슨 의미인지, 아니 그게, 무슨 일이 일어난 건지 궁금해서요."

"별다른 일은 없어요."

아렌츠는 쌍안경을 내려놓고 그녀와 시선을 마주쳤다. 그리고 한참이 지나서야 입을 열었다.

"전화와 인터넷을 사용할 수 없다는 것뿐이에요. 이제 작동하는 거라곤 VHF 초단파 무전기뿐입니다."

"그건 공개 채널이잖아요."

"네. 누구나 다 들을 수 있는 오픈 채널이지요."

배가 목적지에 도달하기 며칠 전부터 마리는 샤워를 하지 않았다. 샤워실의 잠금 장치는 작은 고리 하나뿐이었다. 객실의 잠금 장치와는 천지 차이였다. 게다가 문틀과 문 사이도 꽤 벌어져 있어서 문을 꽉 닫는 것은 불가능했다. 납작한 일자 드라이버나 스위스 나이프로 고리만 걷어내면 밖에서 문을 여는 건 식은 죽 먹기였다.

한밤중에 객실 문을 통해 흘러들어 오는 담배 연기는 시간이 지날수록 점점 더 강해지는 것 같았다.

2
북극해

마리는 눈으로 확인하기 전부터 공기 중의 느낌만으로 목적지에 가까워졌다는 것을 알았다.

그린란드 해협을 따라 수면 위에 흩어져 있는 빙하 조각들을 만나기도 전에 차가운 한기가 몸을 파고들었다. 폐 깊숙한 곳까지 파고드는 야생적인 한기가 사람들의 내면을 변화시킬 거라는 생각이 멈추지 않았다.

다음 순간, 숨이 멎을 만큼의 풍경이 눈에 들어왔다.

이곳에 도사리고 있는 것은 죽음이다. 공기를 가득 채운 알 수 없는 기묘한 느낌. 파르르 떨리듯 유령처럼 다가왔다. 한기와 함께 빙하 조각에서 온 그것. 빛에도 변화가 있음을 느낄 수 있었다. 배는 납처럼 무거운 검푸른 망망대해를 벗어났다. 높이 뜬 태양은 안개에 젖은 회색빛 눈동자 같았다. 빙하 때문에 빛의 반사율도 확연히 달라졌다.

그때까지만 해도 마리는 국경을 벗어났다는 것을 알지 못했다. 하지만 선원들은 진작에 알고 있었던 것 같다. 배 안을 감도는 이상한 침울함과 활기를 동시를 느낄 수 있었다.

뱃머리에서 북쪽으로 좀 떨어진 곳에 또 다른 선박이 보였다. 처음에는 그게 뭔지 몰랐다. 수면과 빙하가 만든 배의 그림자인가 싶었다. 뒤늦게 선글라스를 끼기 시작해서 시력에 이상이 생긴 줄 알았다. 물범 가죽 벗기는 일을 위해 M/S 오로라호에서 선원 세 명이 옮겨올 거라고 아렌츠가 한 말을 그제서야 기억해 냈다.

자매 선박에서 선원을 데려오기 위해 선체를 해빙*에 바짝 붙인 채 조심조심 앞으로 나아갔다. 얼음의 상태를 살펴보기 위해서였다. 해빙이 선체에 부딪치면서 조각조각 깨어져 내는 소리를 살면서 처음 들었다. 배의 기관에서는 메트로놈 소리 같은 단조로운 기계 소리가 들리고, 보이지 않는 곳에서는 물범이 울부짖는 소리가 들렸다. 그 사이로 얼음이 만들어 내는 끼익끼익, 타닥타닥 거리는 소리와 뭔가를 토해 내는 듯한 불가사의한 소리가 들렸다. 얼음은 살아 있는 생명체 같았다.

크리스토퍼가 내려가 해빙을 시험하듯 한발 한발 조심스럽게 내디뎠다. 온통 흰색으로 덮인 해빙은 어느 곳의 얼음이 쉽게 깨질지, 어느 곳이 불쑥 솟아오르는지 눈으로 확인하기가 쉽지 않다. 뒤뚱거리는 크리스토퍼의 걸음걸이는 마치 갓난아기의 서툰 걸음걸이 같았다.

---

* 해빙海氷, 바닷물이 얼어서 생긴 얼음.

기온이 급격히 내려갔다. 항해 중에는 기온이 적당해 상쾌하고 좋았는데 이곳에 도착하니 급격히 내려가기 시작했다. 영하 6.5도. 4월에서 5월로 접어드는 시기였다.

조디악 고무보트 한 척을 내렸다. 에릭이 조심스레 보트를 타고 오로라호로 다가가자 세 명의 선원이 밧줄 사다리를 타고 내려왔다. 마리는 배에 새로 승선한 그들에게서 특별한 점을 찾지 못했다. 둘은 크리스토퍼의 나이 또래로 보였고, 나머지 한 명은 러시아인이었다. 아렌츠는 그들을 맞았다.

"선장이 힘이 없다 보니 선원들까지 내줘야 하는군. 자, 반박해 보시게."

아렌츠는 초단파 무전기의 단추를 누르고 오로라호의 선장에게 농담을 했다. 무전기에선 지직지직하는 소리가 들렸다. 날카로운 백색 소음*이었다. 그가 웃으며 승선한 선원들에게 담뱃갑을 건넸다. 다시 무전기에서 지직지직하는 소리가 들렸다.

"할 말을 찾을 수 없는 게로군."

아렌츠가 너털웃음을 터뜨렸다. 무전기를 통해 오로라호에서 보낸 소리가 들려왔다.

"하하하, 빌어먹을!"

---

* 백색 소음white noise. 특정 음높이 없이 넓은 음폭의 소음. 빗소리, 물소리 등 일상 속에서 접하는 소리가 이에 속한다.

에릭은 오로라호의 선원을 데리고 온 후부터 안절부절못한 채 갑판 위를 돌아다녔다. 사격을 하는 스탠딩 지점에 있는 세 단짜리 계단을 올랐다 내려오기를 반복하고, 라이플의 안전장치도 걸었다 풀었다를 되풀이했다. 눈살을 찌푸리며 망원 조준경도 들여다보았다. 눈살을 찌푸릴 이유는 아무것도 없었다. 배가 30마리 정도의 새끼 물범이 모여 있는 해빙에 가까이 다가갈 때까지도 그는 안정을 찾지 못했다. 여전히 안전장치를 풀었다 거는 일을 멈추지 않았다.

마리는 선교*에 있는 아렌츠가 에릭을 지켜보는 것을 눈치챘다. 마리는 뱃전에 몸을 기대고 망원경을 들었다. 대부분 하프물범이었고 두건물범도 몇 마리 보였다. 물범과의 거리가 100여 미터 이내로 좁혀졌을 때 총소리가 울렸다.

총탄이 물범의 지느러미를 통과하자 물범이 있던 얼음에 빨간 물이 들었다. 그러나 에릭의 총탄은 새끼 물범을 죽이지 못했다. 지느러미 옆으로 흩어진 내장이 보이지 않았다. 단지 떨어진 살점과 고통스런 비명 소리뿐이었다. 다시 총소리가 울렸다. 옆으로 쓰러졌던 새끼 물범은 곧바로 몸을 일으켰다. 바닷속으로 들어가려고 필사적으로 몸부림치고 있다는 걸 마리는 느낄 수 있었다. 세 번째 총소리가 들린 후에야 새끼 물범은

---

* 선교, 배의 앞쪽 중앙 높은 곳에 있는 선장이 지휘를 하는 공간.

머리를 뒤로 한 채 고꾸라져서 움직임을 멈추었다.

마리는 이런 상황이 오리란 걸 이미 알고 있었다.

꼼짝도 못하는 새끼 물범을 죽이는 데 무려 세 발의 총탄을 필요로 할 거라는 걸.

불쌍한 물범은 숨이 완전히 끊어지기 전까지 엄청난 고통을 느낄 거라는 걸.

선원들과 대화를 나누며 가까워지는 것만으로는 충분치 않다는 걸.

물범 무리에 공포감이 번져 갔다. 어떤 물범은 지느러미에 의지해서 상체를 일으킨 후 점점 가까이 다가오는 배를 바라보았고, 다른 물범은 소리내어 울부짖기 시작했다. 모두 새끼 물범이어서 그 소리가 더 높고 날카로웠다.

이어 발사된 총탄은 물범의 급소를 명중시켰다. 마리는 총알이 박힌 부위를 자세히 봤다. 앞의 물범과 달리 흘러내리는 피의 색이 훨씬 짙었다. 피의 농도는 물보다는 시럽에 가까울 정도로 끈끈했다.

마리는 사격 스탠딩 지점에 서 있는 에릭을 주시했다. 그의 움직임은 스타카토에 가깝게 기계적이었다. 총을 다루는 동작은 냉정했으며 리듬감도 안정감도 없었다. 얼음 위에서 공포에 울부짖는 물범이 만들어 내는 분위기가 그에게 스며든 것 같았다.

마리는 망대로 올라가기로 했다. 높은 곳에서 아래쪽의 광경을 더 자세히 관찰할 수 있을 것 같았다. 포획한 물범을 갑판 위로 끌어올리기 전까지 그녀가 할 일도 없었다. 망대에서 앞으로 일어날 일을 더 잘 지켜봐야겠다고 생각하는 순간, 물범 무리가 한꺼번에 울부짖는 소리가 들려왔다. 지금까지 냈던 소리보다 몇 데시벨 높은 소리였다.

새끼 물범들은 차가운 안개 속에서 스멀스멀 다가오는 위험을 본능적으로 느꼈을 것이다. 두려움과 불안함을 느낀 물범들은 떼를 지어 한곳에 모이기 시작했다.

해빙 위로 혼란과 분노가 녹아들었다. 배 안의 분위기도 다르지 않았다. 마리도 갑판을 벗어나면 우발 사격으로 총알을 맞을 것 같다는, 이유를 알 수 없는 생각에서 헤어날 수가 없었다. 그렇다, 이것은 한낱 착각에 불과할 뿐이다.

망대로 올라가는 계단이 얼어서 발밑이 미끌거렸다. 미끄러져 넘어지지 않으려고 정신을 집중하고 조심스럽게 걸었다. 미끄러지면 알루미늄 계단에 무릎이 깨지거나, 뼈가 부러지는 최악의 상황이 생길지도 모른다. 서둘지 말자고 생각했다.

장갑을 껴서 움직임이 더욱 더뎠다. 눈과 얼음으로 축축해진 커다란 벙어리 장갑으로는 계단의 난간을 제대로 잡을 수가 없었다. 장갑을 벗어 작업복 주머니에 집어넣었다. 맨손으로 언 난간을 잡으려니 이번엔 시린 손이 아파 왔다.

마침내 망대에 올랐다. 몸은 계속 무슨 신호를 보내고 있었다. 간이 의자에 앉았다. 망대는 좁아서 앉으면 무릎이 벽에 닿았다. 몸을 일으켰다. 창으로 내다보려면 목을 꺾어질 정도로 구부려야 했다. 그래도 의자에 앉는 것보다는 서 있는 게 나은 것 같았다. 앉아서는 불편하기도 하지만 밖을 볼 수가 없었다.

망대의 좌현에는 초단파 무전기가 걸려 있었다. 하지만 수신 장치만 부착되어 있었고, 송신 장치는 눈에 띄지 않았다.

몸이 계속 무언가 신호를 보냈다. 하지만 몸이 무엇을 말하려 하는지 알 수 없었다. 손을 가슴께로 가져가 보았다. 거세게 뛰는 심장 소리.

여진 같은 거라고 생각했다. 언젠가 물과 비누로 씻어 주었던 겁에 질린 검은머리물떼새의 긴장된 근육 같았다.

엔진의 회전수가 0으로 떨어졌다. 배는 엔진을 중립에 놓고 해빙을 향해 천천히 나아갔다. 에릭은 새끼 물범을 죽이기 위해서가 아니라 도망치는 것을 막기 위해서 총을 쏘았다. 물속으로 숨기 위해 얼음 가장자리로 가는 물범, 점점 가까이 다가오는 총구를 피하기 위해 얼음 위에서 속력을 내는 물범, 이미 몸의 반은 물속에 잠긴 물범을 향해서도 총을 쏘았다. 총탄 하나가 물범 한 마리의 몸을 관통해 뒤에 있던 또 다른 물범에게 상처를 입혔다(그들은 이 상황을 즐기는 것 같았다. 갑판에서 원 플러스 원이라고 말하며 껄껄 웃는 소리가 들려왔다).

마리는 보고서에 '움직임을 막을 목적의 사격'이라고 적었다.

"백업! 백업!"

에릭이 소리쳤다. 그는 사격을 멈추지 않았다. 불가능하게 보이는 각도에서 쏘기도 하고 뒤쪽을 향해 쏘기도 했다. 좌현쪽에서는 날카로운 소리가 쉴 새 없이 들려왔다. 조금이라도 움직일 수 있는 물범들은 눈 위에 붉은 자국을 남기고 바닷속으로 미끄러져 들어갔다.

마리는 스스로에게 물었다

지금 카밀라는 뭘 하고 있을까? 카밀라는 비크 코뮤네에서 수의사로 일한다.

린은 뭘 할까? 린은 에케베르그의 작은 동물병원에서 일한다.

에이빈은? 거대 양식장에서 파트타임으로 일을 하며 논문을 쓰고 있다.

그들은 지금 무엇을 하고, 나는 왜 여기 있나?

누구나 하고 싶지 않은 일도 해야 할 때가 있다. 필요한 일이기 때문이다. 누군가는 동물을 보살피고 그들의 권리를 보호해야 한다.

마리는 이 일이 자신이 가진 지식으로 할 수 있는 굉장히 훌륭하고 명예로운 일이라고 생각했다. 과거를 속죄받기 위해서라고는 생각해 본 적도 없다. 적어도 심리학자가 이 말을 거론하기 전까지는 단 한 번도 생각해 보지 않았다.

크리스토퍼와 오로라호에서 옮겨온 선원 한 명이 배에서 내려 해빙 위로 발을 내디뎠다. 무덤덤한 표정으로 하카픽의 손잡이를 손바닥으로 툭툭 쳤다. 마치 시위 진압 복장을 한 경찰 같았다. 몽둥이의 사용 목적이 새끼 물범을 내리쳐 의식을 잃게 하는 거라는 걸 마리는 잘 알고 있다. 몽둥이로 내리친 후 갈고리로 질질 끌고 오는 것이 일반적이다. 이미 한 발 이상의 총을 맞은 물범의 머리는 몽둥이질에 부서져 버릴 것이다.

새끼 물범이 사망 선고를 받기 전에 거쳐야 하는 이 모든 잔악한 과정에 마리는 몸을 떨었다. 총탄. 몽둥이. 갈고리. 내장 기관의 파열과 출혈. 물범은 출혈이 지속되어 피가 마르면 그제야 죽은 것으로 간주된다.

선원들은 매우 조직적으로 일을 했다. 바로 그 점 때문에 더욱 괴로웠다. 숨이 붙어 있는 물범이 해빙 위에 여기저기 나뒹굴었고, 선원들은 숨을 완전히 끊기 위해 끔찍한 행위를 했다. 해서는 안 될 일이었다.

날카로운 갈고리가 물범의 머리에 박혀 움직이지 않으면 손잡이를 앞뒤 좌우로 수차례 흔들면서 빼냈다. 물범의 작은 뇌에 연결된 중추신경은 이러한 움직임에 반응했고, 척추를 타고 흐르는 고통에 온몸을 비틀었다.

뾰족한 갈고리가 물범의 두개골을 관통하자 한쪽 눈알이 튀어나왔다. 또한 동그랗고 매끈매끈한 내장 기관이 실처럼 가느다란 무언가에 매달려 대롱거렸다. 힘줄일까? 핏줄일까? 마리

는 실처럼 가느다란 그것이 시신경이라는 것을 알았다. 공막[*]
과 맥락막[**]도 있었다. 하지만 그저 내장 뭉치처럼 보였다.

---

* 각막을 제외한 안구를 싸고 있는 막.

** 눈알의 뒷부분을 싸고 있는 막.

어느 가을날, 아빠는 소나무 아래 쌓여 있던 솔잎 더미 위에 힘없이 쓰러졌다. 그날, 마리는 하루 종일 아빠와 함께 있었다. 아빠는 추위가 오기 전에 쥐약을 놓고 창고의 외벽을 수리하기 위해 산속의 오두막을 찾았다. 9월의 한낮은 꽤 더웠다. 지빠귀가 지저귀는 소리도 들렸다.

아빠와 함께 지붕에 올라가 비가 새는 곳은 없는지 살폈다. 그러다가 손톱 밑에 작은 가시가 박혔다. 힘껏 피를 빨자 손끝이 욱신거렸다.

아빠는 마당에 서서 야외 화장실과 창고로 향하는 경사진 내리막길을 바라보고 있었다. 아빠의 등을 바라보다가 아픈 손가락을 한 번 보고 다시 시선을 돌렸을 때 아빠의 상체가 힘없이 푹 고꾸라졌다.

심폐소생술을 시도했다. 손가락 끝에 박힌 가시가 살 속으로 더욱더 깊숙이 파고들었다. 구급차가 올 때까지 쉬지 않고 심폐소생술을 했다.

모든 물범이 얼음 위에서 출혈로 죽은 것은 아니었다. 크리스토퍼와 동료는 얼음 위에 널브러진 새끼 물범의 꼬리 부분을 노끈으로 칭칭 감은 후 한 번에 세 마리씩 배로 옮겼다. 배에 있던 빌리는 크레인을 사용해 물범을 끌어올렸다.

총에 맞았지만 숨이 붙어 있는 물범은 필사적으로 얼음을 벗어나 바닷속으로 들어갔다. 그렇게 물속에 빠진 물범은 선체까지 떠내려 오기도 했다. 마리는 망대에서 이 모든 과정을 내려다보고 있었다. 물에 떠 있는 물범들에게 관심을 보이는 사람은 아무도 없었다. 의식을 잃은 묵직한 물범의 머리는 선체 주위의 얇은 기름막 사이에서 떴다 가라앉다를 반복했다.

숨이 끊어졌을까? 그래, 죽었을 것이다. 혹시 죽지 않았던 건 아닐까?

더 기다릴 수 없어서 회의를 위해 모이자고 했다.

"겨우 반나절밖에 지나지 않았는데…." 아렌츠가 혼잣말처럼 중얼거렸다. "할 수 없지, 뭐."

"에릭은 하루 종일 총을 쏘았어요."

"그랬던 것 같군요."

"조금의 휴식 시간도 갖지 않았어요."

"도대체 무슨 말을 하고 싶은 거요?"

"휴식 시간을 주면 안 될까요? 빌리나 크리스토퍼가 에릭의 자리를 메우면 될 것 같은데요?"

"우리가 목표를 달성하기까지는 오래 걸리지 않을 거요."

"에릭은 욕심이 너무 많아요."

"욕심이 많다고요?"

"생각없이 총을 쏴요. 물범의 고통은 염두에 두지 않는다고요. 그저 더 많이 잡기 위해서 총을 쏜다고요."

아렌츠가 사격 스탠딩 지점을 바라보며 입을 다물었다. 스탠딩 지점은 조금 전과는 달리 조용했다. 반면 갑판 위에는 물범의 사체가 산더미처럼 쌓여서 남쪽에서 밀려오는 파도를 타고 배와 함께 이리저리 움직였다.

"확신이 서지 않을 때는 총을 쏘는 것을 멈추라고 에릭에게 지시를 내려 주세요. 참고 기다리는 것을 배워야 해요. 물범이 사정권에 들어왔을 때 총을 쏴야 한다고요. 물범의 머리나 목을 정확히 겨냥하지 못할 것 같으면 일단 기다려야 해요. 꼬리나 몸통 뒷부분을 쏘는 일은 없어야 해요. 만약 휴식을 취하지 못한다면 오래 가지 않아 집중력을 잃어버릴 거예요. 그럼 사격의 정확도도 떨어지겠죠."

마리는 폭포수처럼 비난하는 말만 내뱉지 않으려고 애썼다. 비판을 할 때도 균형을 유지해야 한다고 생각했다. 숫자와 함께 합당한 근거를 내밀어야 했지만, 방금 보았던 광경 때문에 이성을 유지하기가 쉽지 않았다. 때문에 논리적이고 합당한 근거를 제시하기도 전에 아렌츠를 향해 비판의 말을 쏟아부었다. 어쩌면, 아렌츠가 한 번도 시선을 주지 않았기 때문일 수도 있다. 마리는 그의 어깨를 향해 말을 하고 있었으니까.

아렌츠는 여전히 고개를 돌리지 않은 채 말을 이었다. "오늘은 첫날입니다. 그도 연습이 필요해요. 당신도 알다시피 오랫동안 본능을 억제했으니 사격을 하면서 흥분했던 게 틀림없어요."

"흥분했다고요? 사격을 하면서?"

"그래요." 아렌츠는 그제서야 고개를 돌려 마리의 눈을 바라보았다. 그의 눈에서 푸른 불꽃이 이글거렸다. "선원들은 여기까지 오면서 배에 갇혀 살다시피 했어요. 힘을 쓸 곳을 찾지 못했던 거죠. 사수도 일종의… 본능을 가진 사람입니다."

마치 우리에 가둔 동물에 관해 이야기하는 것 같았다. 이상했다.

"이 일은 놀이동산에서 하는 과녁 맞히기 게임이랑은 차원이 달라요." 마리는 말을 뱉자마자 실수했다고 생각했다. 마치 어른인 척 하는 소녀가 하는 말 같았다. "물범 사냥을 하는 도중에 사격 연습을 한다는 건 말이 안 됩니다. 적어도 동물을 배려하는 조금의 책임감을 가져야 해요. 동물에게 필요치 않은 고통을 주는 일은 없어야 해요."

"규정을 말하는 겁니까?" 아렌츠가 말했다.

"이건 당신이 책임져야 할 일이기도 해요. 수장으로서 물범 사냥에 관한 결정을 내릴 권한이 당신에게 있으니까요."

"규정에도 여러 종류가 있습니다. 저기서는…" 아렌츠가 바깥쪽을 가리키며 말을 이었다. "사수가 조준을 하는 세상은 저 얼음 위의 현실입니다. 바로 저기에 십자가가 자리하고 있죠. 그곳에는 규정이 존재하지 않아요."

발 밑이 흔들렸다. 파도 때문은 아니었다.

"100여 마리 이상의 하프물범이 총에 맞았습니다. 모두 새끼들입니다. 그리고 10여 마리의 두건물범도 총에 맞았습니다. 이 중에 4분의 1은 급소에 맞지 않고 상처만 입었습니다."

"상처만 입었다고요…." 아렌츠가 갑자기 호기심을 보였다.

"…적어도 30여 마리의 새끼 물범이 몸에 서너 발의 총을 맞았습니다. 게다가 대부분은 숨이 완전히 끊어지지 않은 상태에서 갈고리에 찔렸어요. 에릭은 다섯 시간 동안 사격을 하면서 불과 두 마리 중 한 마리꼴로 급소를 명중시켜 즉사시켰다고요."

"상처만 입히는 사격이라…."

"그렇습니다." 대답을 하고는 그녀는 그제서야 아렌츠가 같은 말을 되풀이한다는 사실을 깨달은 듯 잠시 말을 멈추었다. "물론, 그 말에는 여러 가지 해석이 있을 수 있습니다만….

아렌츠가 무뚝뚝하게 말을 이었다. "물론, 그렇습니다. 그럼 당신은 어떤 해석이 가장 올바르다고 생각하나요?"

"대부분의 사수에게 적용되는 해석이겠지요. 동물에게 총을 쏘았을 때 급소를 맞히지 못해 상처만 입히는 것을 말합니다. 이 경우 즉사하지 못하고 숨이 붙어 있는 동물이 생깁니다. 이런 동물은 선체 주변에 둥둥 떠다니게 되겠지요. 물범 사냥 교육을 받으러 갔을 때 교관이 이런 말을 했습니다. 일반적으로 3, 4천 마리의 물범을 포획할 경우, 그중 즉사하지 못하고 숨을 유지하는 물범은 3, 4십 마리가 된다고 했습니다. 그런데 우리 경우엔… 어쨌든 오늘 같은 일은 다시 일어나선 안 됩니다!"

아렌츠가 수차례 심호흡을 했다. 무슨 말을 하려던 그는 갑자기 문을 열고 선교 쪽으로 나가 난간 위로 몸을 굽히고 바닷물을 내려다 보았다. 갑판에서 물범 가죽을 벗기던 선원들이 호기심 어린 눈초리로 선장을 돌아보았다.

"내 눈에는 아무것도 안 보이는데요?" 그는 여전히 상체를 쑥 내민 채 말을 이었다. "당신이 말하는 물범이 있으면 어디 한 번 와서 찾아보시지요."

바다에는 새끼 물범이 한 마리도 보이지 않았다. 이상한 일은 아니다. 더는 견디지 못하고 숨이 끊어진 사체는 물속에 가라앉기 마련이다. 그럼에도, 상처 입은 새끼 물범 중 단 한 마리라도 수면 위로 머리를 들어올리기를 바랐다. 더 이상 논리적으로 설명할 수가 없었다. 분명 방금 전까지만 해도 수면 위에 떠다니는 물범의 몸통을 보았는데….

"흠, 그렇겠지요. 당신 말대로 이 일은 멈춰야 하겠죠? 의심의 여지가 없는 일입니다." 아렌츠는 선교로 향하는 철문을 닫고 말을 이었다. "하지만 당신의 보고서 때문에 이 일을 멈추는 일은 없을 것입니다. 왜냐하면 당신의 보고서는 쓰레기에 불과하니까요."

"쓰레기라고요?"

"그렇습니다. 나는 그린란드에서 무려 30여 년 동안 이 일을 해왔습니다. 당신은 오늘 겨우 반나절 동안 목격한 것이 전부고요. 그런데도 당신은… 당신이…." 마리는 한 발짝 뒤로 물러섰다. 아렌츠는 오랫동안 꾹꾹 눌러놓았던 분노를 표출하고 있었다. "물범 사냥을 하면서 규정을 이런 식으로 해석하는 이는 아무도 없었습니다. 이 배에 탔던 그 어떤 감독관도 당신처럼 일을 하진 않았어요. 총에 맞은 물범이 바다에 빠졌을 때 이를 두고 동물학대라 말하진 않았다는 겁니다. 게다가 오늘은 사냥 첫날일 뿐입니다. 당신이 감독을 하고 규정을 이야기하려면 사냥이 다 끝난 후에 결과로 말해야 하는 거 아닌가요?"

아렌츠가 문밖 바다 쪽을 가리켰다. "내 눈에는 당신이 보았다고 주장하는 것이 하나도 안 보이는군요."

그녀는 어떤 대답을 돌려주어야 할지 알 수 없었다. 목소리만 들었을 때는 그가 화를 내는 것 같지는 않았다. 그저 딱딱하고 사무적이었다. 일단 한 발짝 뒤로 물러서야 할 것 같았다.

"내 말을 들어보세요. 나는 서로 다른 식으로 해석한 숫자를 바탕으로 토론을 한다면 문제 해결을 할 수 없다고 생각합니다. 에릭은 사수와 함께 일해 본 경험이 없습니다. 일등 사수와 일해 본 적은 더더욱 없습니다. 만약 자신의 한계를 알지 못하고 집중력을 잃었는데 휴식을 취하지 않는다면 당신이 나서야 합니다. 나는 그 정도의 협력은 요구할 수 있는 위치에 있다고 생각합니다."

마리를 바라보던 그의 시선이 한동안 그녀에게 머물렀다. "당신이 사격 여건이 적당치 않다고 할 때 내가 할 수 있는 일이 뭐가 있다고 생각하십니까? 뱃머리를 돌려 육지로 가서 새로운 선원을 데려와야 한다고 생각해요? 그럼 물범 사냥은 때를 놓치게 되는데요? 그리고 회사는 부도가 나겠죠. 그런 일은 어떤 경우에도 일어나선 안 됩니다. 만약 그런 일이 생길 것 같다면, 우리는 그걸 막기 위해 미리 해결점을 찾아야 합니다."

그가 초단파 무전기에 왼손을 올렸다. 마리는 그 손동작이 바깥세상과 소통할 수 있는 단 하나의 방법을 막아 버리겠다고 위협하는 것이라고 생각했다.

아렌츠가 출입문의 손잡이를 아래로 힘껏 당겼다. 문이 스르륵 열리며 삐걱거리는 금속성 소리를 냈다. 마리는 온몸이 마비된 것 같았다. 겨우 한 손을 들어올려 그에게 먼저 나가라는 신호를 보냈다. 하지만 아렌츠는 그녀의 손목을 잡고 힘을 꽉 주었다.

"먼저 나가시죠, 아가씨. 이 배의 선장은 납니다. 누가 선교를 벗어날지 결정하는 것은 내 권한이기도 합니다."

"*나는 아가씨가 아니에요.*" 그녀는 겨우 말을 이었다.

"*아, 그런가요? 결혼하셨나요? 육지에서? 그런가요?*"

"아니, 그런 건 아니고…." 마리가 나직히 말했다. "아니, 아닙니다. 그냥 아니라고요."

"그렇군요." 아렌츠가 조용하고 침착하게 말했다. "바깥세상에서 당신이 *결혼을 했든, 안 했든*, 그건 여기서 아무 상관 없습니다. 먼저 나가시죠."

마리는 망대 위에 올라갔을 때 몸이 보냈던 신호를 이제 이
해할 수 있을 것 같았다. 여긴 안전해.

"그날 일이 일탈 보고서의 근거가 되었다고 생각하십니까?"

"위반에 관한 보고서입니다."

"실례지만 뭐라고 하셨나요?"

"위반에 관한 보고서라고 했습니다. 일탈 보고서가 아니라 위반 보고서입니다."

"아, 미안합니다. 위반 보고서군요. 위반 보고서의 근거는 사냥 첫날에 근거한 것인가요?"

"그렇습니다. 그날 이후에 있었던 일들은 제 보고서의 근거를 더욱 굳건히 뒷받침해 주었을 뿐입니다."

식당 분위기는 활기로 가득했다. 식탁 위에는 삶은 소고기를 담은 커다란 냄비가 있었다. 마리는 접시에 음식을 옮겨 담으며, 고기와 당근 위로 소스가 흥건히 흘러내리는 것을 우두커니 보고 있었다. 소스 표면에는 기름이 둥둥 떠 있었다. 북극해의 오싹한 추위. 하지만 식당은 냄비와 오븐, 선원들의 걸어붙인 작업복 사이로 새어 나오는 열기 때문에 창문에는 항상 하얀 서리가 끼어 있었다. 그것은 겨울이 가장 깊은 날 히터를 최대로 튼 낡은 버스 안에서 느낄 수 있는 열기와도 비슷했다.

가죽 벗기는 일을 담당한 선원들이 차례차례 식당 안으로 들어왔다. 그들이 풍기는 냄새만으로도 무슨 일을 하다 왔는지 짐작하기 어렵지 않았다.

언젠가 송아지 새끼를 받은 적이 있다. 그때도 비슷한 냄새가 났다. 비릿하고 달짝지근한 피와 내장 냄새. 기쁜 마음으로 새끼를 받았던 그때도 몸에서 냄새가 났다. 식은땀에 젖은 양모 속옷에서 나는 퀴퀴한 냄새였다.

"대가리를 먼저 뭉개고 나니까 칼을 쑤셔 박는 일이 훨씬 쉬워지던데." 크리스토퍼가 말했다.

식탁 끝에 앉아 있던 아렌츠가 그녀를 흘낏 바라본 후 후후 불지도 않은 채 음식을 입에 쑤셔 넣었다. 마리는 실례한다는 말을 하고는 서둘러 객실로 돌아갔다.

껄껄대는 웃음소리와 높고 낮은 목소리들이 파도를 타고 식
당에서 객실로 흘러왔다. 문을 열고 화장실에 가는 소리, 이야
기를 주절주절 늘어놓는 소리, 말다툼을 하는 소리도 간간히
들렸다. 거기에는 이전과는 다른 종류의 공격성이 자리하고 있
었다. 사냥 첫날이있으니 자연스러운 일일지도 모른다.

새벽 3시쯤 언뜻 잠에서 깼다. 그때까지도 바깥쪽에서 들려
오는 소리는 여전했다. 목소리는 나직해졌지만 더 끈질기고 공
격적인 분위기가 느껴졌다. 정확히 식당에서 들려오는 소리는
아닌 것 같았다. 우물우물하는 나직한 소리. 마치 그들이 물속
에서 그녀를 향해 말하는 것처럼 들렸다.

아침을 먹기 위해 문을 열자 누가 오줌을 싸 놓은 자국이 눈에 들어왔다. 하마터면 거기에 발을 디딜 뻔했다. 금이 간 합판문 사이에도 오줌 자국이 있었고, 문지방에는 흘러내린 오줌이 흥건했다. 간이나 달걀 흰자에서 나는 퀴퀴한 냄새가 공기중으로 스멀스멀 기어올라왔다. 오줌 자국을 닦아내는 것도 불가능했고, 그렇다고 그냥 내버려 두는 것도 불가능했다.

전날 밤 사람들이 물컵 속에 버린 담배 꽁초 때문에 식당 안의 공기는 탁했다. 선원들은 아침 인사를 건네지 않았다. 말을 하는 사람도 없었다. 식당과 선교 사이에 있는 작은 창 사이로 아렌츠의 뒤통수가 보였다.

"당신이 에릭의 사격에 대헤 불만을 표시했다면서요? 에릭도 그걸 알아요." 밖으로 나가려는 마리를 붙들고 크리스토퍼가 귓속말을 했다. "내가 당신이라면 좀 더 조심할 거예요."

조심하라고?

그는 입술을 자근자근 깨물며 억지 미소를 지었다. "그래야 당신도 기분 나쁜 말을 듣지 않을 거 아니에요."

"배 안에 술이 있지 않나?"

"네. 러시아인 선원이 오로라호에서 가져온 술이 몇 병 있어요."

마리는 해수부와 소통이 되면 뭐라도 할 수 있을 것 같았다. 아니면 호바르에게 이메일이라도 보낼 수 있으면 좋겠다고 생각했다. 그녀는 지난 며칠을 보내면서 한 발짝 물러서야 할 필요성을 느꼈다. 조용히 준비하면서 때를 기다려야 할 것 같았다.

송전 안테나가 부러졌을 때만 해도 대단치 않은 일이라 여겼다. 초단파 무전기를 통해서 알릴 수도 있었지만 당시에는 중요하지 않은 일이라 생각해서 아무것도 하지 않았다. 그러다 보니 이제 와서 갑자기 공개 채널을 통해 배의 상황을 보고하는 것도 내키지 않았다. 아니, 용기를 낼 자신이 없었다.

러시아인 선원이 아팠다. 오로라호에서 옮겨온 선원 중 다른 한 명도 앓아 누웠다. 뱃머리 쪽에는 끝없는 연하늘색의 얼음 사막이 펼쳐져 있었다. 서쪽으로는 드넓은 바다 사이사이로 얼음 조각이 둥둥 떠다녔다. 언뜻 강과 삼각지처럼 보였다. 다른 점이라면 이곳은 텅 비어서 색깔조차 없다는 것. 배 위로 가볍고 얇은 구름이 넓게 퍼져 있었다. 멀리 수평선에는 구름이 떼를 지어 모여 있었다.

갑판에 새끼 물범 사체가 잔뜩 쌓여 있었다. 갓 태어난 하프 물범은 새하얀 털이 보송보송하고, 조금 더 자라면 갈색 털을 갖는다.

빌리는 가죽 벗기는 일을 도맡아하고 있었다. 마리는 갑판 위에 있기로 마음먹었다. 보고서를 작성하려면 현장에 발을 담아야 한다.

조직적으로 진행되는 일은 아무것도 없었다. 죽음으로 둘러싸인 그곳에선 혼란이 한계점에 도달한 듯했다. 마리는 더 이상 사격 장면을 지켜볼 수 없었다. 하지만 두세 마리씩 한데 묶인 채 배 안으로 끌려 들어오는 물범은 지켜봐야 했다. 그중에는 총을 한 발도 맞지 않고 갈고리에 의한 상처만으로 죽은 물범도 있었다.

급소에 총을 맞아 즉사한 물범은 거의 없었다. 대부분 총에 맞은 상처로 움직이지 못했다. 빌리는 정확하고 신속한 손놀림으로 가죽을 벗겨냈지만 혼자 하기에는 벅찬 일이었다.

그녀는 도움을 자청했다. 다른 방식으로 일을 하고 싶었지만 어쩔 수 없었다. 아파서 누운 선원들을 불러모을 수는 없는 일이다. 벽을 허물고 싶었다. 좀 더 자연스럽게 다가가고 싶었다. 빌리는 날이 굽은 기다란 칼과 무릎을 대고 앉을 수 있는 판자 한 장을 건네고는 벗겨낸 가죽을 털이 안쪽으로 향하게 돌돌 말았다. 여전히 식지 않은 사체에서는 김이 모락모락 올라왔다. 그녀는 일을 시작하기도 전에 허리가 뻣뻣하게 굳어버렸다.

영하의 기온이었지만 땀을 뻘뻘 흘렸다. 팔을 걷어붙이고 두 꺼운 장갑을 낀 채 일을 했다. 빌리는 제조 공장에서 사용하는 커다란 두루마리 비닐을 이용해 음식으로 사용할 수 있는 살점을 진공 상태로 포장했다.

"고기는 빛을 쐬면 안 돼요." 그가 말했다. "공기가 들어가서도 안 되고 열을 받아서도 안 되죠. 그러면 고기가 금방 상해요."

빌리가 물범의 살점을 도려내어 진공 포장을 하고 냉동고에 던져 넣으며 말했다.

마리는 정확하고 체계적으로 일을 해보려 했지만, 어디까지가 지방이고 어디까지가 가죽인지 구분하기가 어려웠다. 때문에 그녀가 도려낸 살점은 얇기 그지없었다. 같은 부위를 몇 차례나 도려냈지만 일이 진전되지 않았다. 게다가 칼끝에 찔려 팔목에 깊은 상처가 났다.

빌리는 상처를 흘낏 보더니 이내 아무 일도 없었던 듯 다시 소금을 뿌렸다.

마리의 일이 제자리걸음을 하자 빌리는 칼을 건네받은 후 단호한 움직임으로 지방질을 떼어내고, 살점과 핏줄, 섬유질을 분리했다. 그는 같은 실수를 되풀이하지 않으려면 일을 어떻게 하면 되는지 가르쳐 주지 않았다. 이 작업이 왜 필요한지, 또 어떤 식으로 작업하면 되는지 한 마디도 하지 않았다. 마리도 이런 방식으로 일을 배우는 것에 익숙하기에 크게 신경 쓰진 않았다.

그러나 다음 번에도 같은 실수를 하고 말았다.

두 사람은 일을 바꾸기로 했다. 빌리는 자연스럽게 지방을 도려냈고, 마리는 포장을 했다. 그녀는 포장할 때 장갑이 축축하게 젖어서 손에 마구 감겨도 장갑을 벗을 용기를 내지 못했다. 이미 팔이 물범 피로 뒤범벅이 되었다.

고기를 포장한 팩을 손에 들고서 다가오거나 지나치는 선원들과 눈을 맞추어 보려 했다. 하지만 그들은 의도적으로 시선을 피했다. 가끔 눈을 맞추어 오는 사람도 있었지만 눈동자는 아무 의미를 담지 않은 채 텅 비어 있었다. 어떤 이는 어이없다는 듯 눈동자를 휘휘 굴리기도 했다.

배에 올랐던 첫날을 떠올렸다. 그때, 그녀는 너무나 열성적이었고, 동시에 너무나 필사적이었다.

물범 사체가 산을 이루기 시작했다. 스무 마리. 스물다섯 마리. 수는 점점 늘어났다. 도려낸 내장과 각종 신체 부위들. 발밑에는 반쯤 언 소금물과 새끼 물범의 피가 섞여 연분홍색의 웅덩이가 생겨났다.

아렌츠에게 다시 회의를 열자고 요구했을 때, 그는 해빙 쪽에 내려가서 물범의 내장을 걸어내고 살점을 도려내는 작업을 돕던 선원을 한 명 불러서 그녀에게 올려 보냈다. 그런 상황을 지켜보던 다른 선원들은 알 수 없다는 호기심 어린 눈초리를 몰래 교환했다. 마리는 어디에서도 아렌츠를 만날 수 없었다. 그녀를 의도적으로 피하는 것 같았다.

첫날부터 선원 두 명을 해빙으로 내려보낸 건 욕심 때문이라
고 생각했다. 그녀는 첫날의 상황을 보고서에 *'사냥을 향한 비
이성적인 열성'*이라고 적었다.

가죽 벗기는 일을 한 후에는 샤워를 하지 않을 수 없다. 동물의 지방과 피가 얇은 막처럼 얼굴을 덮었다. 이마를 문지르면 끈끈한 왁스를 만지는 것 같았다. 마리는 적어도 손톱 밑에 끼어 있는 하얀 지방질만큼은 무슨 일이 있어도 제거하고 싶었다.

샤워실로 들어가 문을 닫자 칠흑처럼 캄캄했다. 누군가 천장의 전구를 빼 버린 것 같았다. 옷은 내놓지 않고 보일러 위에 올려두었다. 불이 날까 두려웠지만 두고 봐야 할 일이다.

습기와 어둠이 샤워실을 채웠다. 어두워서 잘 볼 수 없었지만 있는 힘을 다해 몸을 박박 문질렀다. 젖은 샤워 커튼이 자꾸 몸에 달라붙었다. 떼어내기를 반복했지만 소용이 없었다.

더듬더듬 손을 뻗어 옷을 찾았다. 속옷은 바닥에 떨어져 물에 흥건하게 젖어 있었다. 있는 힘을 다해 젖은 속옷을 쥐어짰다. 속옷을 입지 않고 샤워실 밖으로 나간다는 것은 생각할 수도 없었다. 수건을 두르고 바지를 입는다고 해도.

문을 열자 작은 창으로 쏟아지는 햇살이 샤워실 안으로 흘러들었다. 마리는 그제서야 천장의 전구가 제자리에 있는 것을 발견했다. 누가 전구를 빼 버린 것이 아니라 단순한 정전이었던 모양이다. 복도에도 전기가 들어오지 않았다. 배 전체가 정전인 것 같았다. 간이 발전기를 사용해 전기가 들어올 때까지 견뎌야만 한다.

　서둘러 객실로 돌아갔다. 더운 물로 샤워를 하면서 데워진 몸의 온기는 금세 사라졌다. 허벅지에 감긴 젖은 속옷 때문에 금방 한기를 느꼈다.

손톱 밑에 낀 지방을 다 제거했지만 손에는 여전히 악취가 남았다. 게다가 팔에는 칼에 찔린 깊숙한 상처도 나 있었다. 팔뚝을 가로지르는 칼자국이 낯설었다. 상처를 내보이고 싶지 않아서 스웨터 소매를 내려 상처를 덮었다. 여중생이 된 것 같았다.

늦은 저녁 무렵, 금속성의 쿵 하는 소리와 함께 전기가 들어왔다. 알 수 없는 이 소리가 전기와 관련이 있을 것 같았다.

도움을 주기 위해서 마리가 물범 가죽 벗기는 일을 한 것에 대해서 선원들은 생각이 다른 것 같았다. 선원들에게는 아무 가치도 없는 일이었다. 그녀를 동료로 생각하는 사람도 없었고, 호의를 보이는 사람도 없었다.

다음 날, 그녀는 갑판에 나가 녹색 나일론 줄로 걸어놓은 골판지 팻말을 보았다.

경고! 보지 소유자 금지 구역! 허가받은 자만 출입할 것!

자신에게 쏟아지는 눈길을 피할 수 없었다. 수치심이 스멀스멀 올라왔다 잦아들었다. 이해할 수 없었다. 팻말은 식당 앞에 걸려 있었다. 그녀는 나일론 줄을 들어 올리고 허리를 숙여 식당 안으로 들어갔다. 당당하게 행동하리라 마음먹었다. 무슨 일이 있어도 고개를 숙이지 않고 그들의 눈빛을 정면으로 받아내리라. 하지만 팻말에 적혀 있던 말. 그 말. 그것은 선원들이 그녀에게 대놓고 하는 말이라는 생각을 지울 수가 없었다. 혼자만의 착각이 아니라 확신했다.

점심 식사를 마친 후에도 팻말은 제자리에 있었다. 그녀는 아렌츠에게 이 사실을 알렸다.

"정말 그런 말이 적혀 있었습니까?" 그가 부드러운 목소리로 말을 이었다. "크리스토퍼는 가끔 성숙하지 못할 때가 있습니다. 제가 분명 그런 유치한 말 대신 '여감독관'이라는 단어를 사용하라고 주의를 줬는데…."

며칠이 지나자 물범은 증발해 버린 듯 자취를 감추었다. 가끔 멀리 있는 해빙 가장자리에서 물속으로 잠수해 들어가는 물범을 볼 수 있었지만 너무 멀어서 작은 점처럼 보였다. 물범은 선박의 엔진 소리에 위험을 느끼고 몸을 피한 것이리라. 선원들은 갑판에서 얼어붙은 물범의 사체와 내장을 몽둥이로 내리친 후 뜨거운 물을 쏟아부어 씻어 내렸다. 그들과 마리 사이에는 말로 표현할 수 없는 기묘한 적대감이 형성되었다.

아렌츠가 할 일은 더 없었다. 씨를 뿌렸으니 결과가 나타나기만 기다릴 뿐이었다. 그 때문인지 그녀를 대하는 태도도 훨씬 부드러워졌다. 마리의 말을 조용히 경청했다. 선교에 있는 의자에 앉아 이상하리만큼 관대함을 보이는 그를 보며 그녀는 적지않게 당황했다. 심지어 입장을 충분히 이해한다는 말까지 했다.

"사실, 나도 걱정이 되지 않는 건 아닙니다." 그가 말을 이었다. "이번엔 처음 배를 타는 날부터 그랬지요. 일손이 너무나 부족합니다. 게다가 우리에겐 경험이 풍부한 사수도 없습니다. 에릭, 크리스토퍼. 그들의 사격 능력으로는 하프물범과 두건물범 새끼를 잡을 수는 있지만 성체를 잡기에는 부족하죠."

그녀는 고개를 끄덕였다. 커피 머신은 조리대가 아니라 얇은 합판 위에 있었다. 그녀는 커피 머신에서 나는 소리 때문에 생각을 집중할 수 없었다. 문득문득 떠오르는 기억 조각들은 과거와 현재를 오가고 있었다.

"전기가 나갔던 건…" 그가 그녀를 향해 고개를 끄덕이며 말을 이었다. "냉동고의 문을 하루 종일 열고 닫다 보면 퓨즈가 나갈 때가 있습니다."

"반자동 소총에 관해 말하자면…" 그가 다시 말을 이었다. "나는 그 무기의 안전장치를 제거하는 일이 너무나 쉽다고 생각합니다. 라이플의 경우엔 지속적으로 장전을 해야 합니다. 그러니 총을 쏠 때마다 장전을 하며 생각할 여유를 가지게 되는 셈이죠. 개인적으로 나는 크리스토퍼와 에릭이 그처럼 여유를 가지는 것도 좋다고 생각합니다."

하지만 갑판으로 나오니 분위기는 완전히 달랐다. 그녀의 등 뒤에서 선원들의 흘끔거리는 눈초리와 나직이 속삭이는 말소리가 오고갔다.

그녀는 이제 아렌츠가 만들어 놓은 우리에 갇힌 셈이었다. 너무나 명확한 사실이었다.

마리는 스스로 서서히 행동을 제약하기 시작했다. 선원들과 함께 아침 식사를 하는 일도 그만두었다(가끔은 아침 식사를 아예 하지 않을 때도 있었다). 물범 사냥이 시작되면 망대 위로 올라갔다. 망대에서 내려오면 바로 객실로 향했다.

선원들은 그녀의 객실 앞을 지날 때마다 발로 문을 찼다. 단한 사람도 빠짐없이.

밤이 되면 누군가가 문을 두드리기 시작했다. 가끔은 문 앞에서 소리를 지르는 사람도 있었다. 이런 일은 그녀가 잠자리에 드는 시간부터 새벽녘까지 쉬지 않고 이어졌다. 자신을 괴롭히기 위해 한밤중에도 알람 시계를 맞추어 놓는 걸까? 그렇지 않다면 불가능한 일이라고 생각했다.

잠을 깊게 잘 수 없었다. 잠깐 눈을 붙일 때도 있었지만 그때마다 찾아드는 불쾌한 느낌 때문에 깼다. 눈을 뜬 후에는 정신이 바짝 들어서 다시 잠을 자기가 쉽지 않았다. 때문에 밀려오는 졸음과 매일 싸워야 했다.

가끔 밤새도록 문을 두드리는 소리가 환청이 아닐까 생각하기도 했다. 저녁 무렵에 들었던 소리를 밤새 귓전에서 지워 내지 못한 건 아닐까 하는.

마리는 몸이 보내는 새로운 신호를 간과할 수 없었다. 심장 박동이 갑자기 빨라지는 일이 부쩍 늘었다. 가끔은 전기에 감전된 듯 근육이 경련을 일으켰다. 이유 없이 찾아드는 분노와 절망감을 이기지 못해 허공을 향해 발길질을 하거나 주먹질을 하기도 했다. 책상이나 격벽을 힘껏 내리칠 때도 있었다. 심지어는 혼자 있을 때 머릿속에서 생각만 했던 말들이 자기도 모르는 사이에 입 밖으로 새어 나올 때도 있었다.

더 이상 샤워를 하지 않았다. 객실 문은 샤워실 문과 달리 안쪽에서 잠글 수 있어 안심이 되었다. 하지만 배 안의 누군가는 여분의 객실 열쇠를 모두 보관하고 있을 것이라는 생각을 지우지 못했다.

마리는 망대에 올랐다. 구름 한 점, 바람 한 점 없는 날이었다. 그림 같은 풍경 속으로 햇살이 내리쬐었다. 시선을 고정할 것이 없을 때 오래도록 앞을 바라보다 보면, 처음엔 아무것도 보이지 않다가 시간이 흐르면서 환영이 보일 때가 있다. 눈앞에 육지가 있다면 얼마나 좋을까. 바다 위에 둥둥 떠 있는 얼음 조각에는 시선이 고정되지 않았다. 단조로운 풍경을 오래보다 보면, 점점 눈앞에 보이는 것이 실재인지 확신할 수 없는 시점에 이르기도 한다.

그녀는 슬슬 자신의 상태가 걱정되기 시작했다. 육지가 말할 수 없이 그리웠다.

아래쪽에선 해빙 위에 선원들이 서 있는데도 에릭이 총을 쏘고 있었다. 해빙 위에서 일을 하고 있는 크리스토퍼와 러시아인 선원에게서 불과 몇 미터 떨어지지 않은 곳에는 거대한 물범 세 마리가 누워 있었다. 큰 물범은 하카픽만으로는 끌어오기가 불가능하다. 보아하니 에릭은 해빙 위에 동료가 있다는 것도 모르는 것 같았다. 그는 물범을 향해 연속으로 총알을 발사했다. 물범과 아주 가까운 곳에 크리스토퍼가 있는데도. 일종의 터널 비전* 효과인가. 총의 조준 망원경을 통해서 보면 때로 1미터의 간격이 1킬로미터처럼 느껴지기도 한다.

---

* 터널 비전tunnel vision. 긴 터널을 통해서 보는 것처럼 매우 좁은 시야.

마리는 소리를 질러서 알려야 한다고 생각했다. 당장 망대에서 내려가 에릭에게 경고를 해야만 했다. 크리스토퍼가 위험에 처했다는 것을 알고 있는 사람은 자기뿐인 것 같았다.

하지만 두 눈을 감고 생각에 잠겼다. *차라리 네가 죽였으면 좋겠어. 너의 총알이 그를 맞혀서 네 눈 앞에서 고꾸라졌으면 좋겠어. 그럼 우린 뱃머리를 돌릴 수밖에 없겠지. 당장 물범 사냥을 중단할 수밖에 없을 거야.*

그녀는 두 사람의 역할이 바뀌었으면 좋겠다고 생각했다. 크리스토퍼가 에릭을 쏘았으면. 하지만 그런 일은 일어날 가능성은 없었다. 이 상황을 받아들여야 했다.

아래쪽에서 들려오는 고함 소리에 그제서야 생각을 떨쳐냈다. 크리스토퍼가 종아리 쪽을 가리키고 있었다. 뻣뻣한 작업용 장갑을 벗어 던지고 엄지손가락과 집게손가락을 모아 신호를 보내며 에릭에게 거리가 너무 가깝다는 사실을 알리려 했다. 에릭은 어이없다는 듯 한쪽 팔을 허공으로 치켜들었다. 알았어. 이제 네가 거기 있다는 것을 알았으니 됐어! 그는 라이플을 다른 손으로 옮겨 쥐었다. 크리스토퍼는 여전히 화가 난 표정이었다. 화가 머리 끝까지 나 있는 것 같았다.

해빙 위의 두 사람이 뒤로 멀찍이 물러나자 에릭이 마지막으로 남아 있던 물범을 조준했다. 마리는 에릭의 총알이 물범을 맞혔다는 것을 알 수 있었다. 얼음 위로 피가 흥건히 흘러내렸지만 물범의 숨은 끊어지지 않았다. 물범은 바닷속으로

도망가려고 얼음 가장자리 쪽으로 가기 위해 온 힘을 다해서
움직였다.

크리스토퍼와 에릭이 사격 스탠딩 지점에서 말다툼을 했다. 크리스토퍼는 에릭의 등 뒤에 서서 마구 고함을 질러댔다. 하지만 에릭은 눈 하나 깜짝하지 않고 다시 해빙 위의 물범을 향해 총구를 겨누었다. 그는 해빙 위의 선원들이 배에 오를 때까지도 총쏘기를 멈추지 않았다. 상처를 입고 널브러진 물범을 향해 세 발, 네 발, 다섯 발의 총알이 날아갔다. 그런데도 여전히 숨이 붙어 있던 물범은 얼음 가장자리를 향해 엉금엉금 기었다.

말다툼 소리는 마리가 앉아 있는 망대까지 들렸다. 크리스토퍼는 다시 해빙으로 나가기를 거부했다. 그런데도 에릭은 그에게 라이플을 내어 주려 하지 않았다. 그는 커다란 물범이 위엄 있게 숨을 멈출 수 있게 내버려 두지 않았다. 여섯 발째 총알에도 상처 입은 물범은 죽지 않고 물속으로 미끄러져 들어갔다. 그럼에도 에릭은 이성을 찾지 못한 듯 물에 빠진 물범을 향해 계속해서 총을 쏘았다. 세 발이나 더. 판단력을 잃은 것이 틀림없었다.

자연이 보이는 자비심이었을까. 검푸른 바닷물은 불쌍한 물범을 감싸안았다. 물범이 죽었는지 살았는지는 알 수 없다. 그 순간 아렌츠가 뱃머리 쪽에서 모습을 드러냈다.

마리는 입으로 자근자근 깨물고 있던 연필로 방금 일어난 상황을 기록하기 시작했다. 이 일이 어느 조항에 위배되는지도 함께 적었다. 그녀는 아직도 갑판 위에서 벌어지고 있는 일이 법적 근거가 없는 일인지를 알지 못했다. 연필 끝이 축축하게 젖었다. 혀에 작은 나뭇조각이 박힌 것 같았다. 연필을 너무 세게 깨문 탓일까.

모든 것을 기록했다. 하지만 그런 일이 무슨 소용이 있을까. 이미 물범 사냥의 목표치를 달성한 후였다. 이건 토론의 여지가 없는 확실한 사실이었다.

에릭은 불같이 화를 내며 라이플을 집어 던졌다. 다른 이들은 겁에 질려 뒤로 물러날 뿐 에릭에게 뭐라 하는 사람은 아무도 없었다. 아렌츠가 에릭의 어깨에 팔을 두르고 무언가 나직하게 귓속말을 건넸다. 에릭이 고개를 들어 하늘을 쳐다보았다. 그의 목 근육이 쭉 늘어났다. 마리는 그의 펴진 척추 끝에서 기괴한 소리가 들리는 것 같아서 몸을 부르르 떨었다.

허리를 굽혀 라이플을 집어든 빌리는 아무것도 보이지 않는 해빙 위를 조준했다. 총을 시험해 보기 위해서였다. 크리스토퍼는 이날만큼은 해빙으로 내려가 일을 하지 않을 것이라고 분명히 말했다. 아렌츠는 앞으로 물범 떼를 만나면 총탄을 쏘지 않고 갈고리를 사용할 것이라고 했다. 그는 오로라호에서 정보를 얻었다며 그린란드에서 가까운 곳에 꽤 많은 물범 떼가 모여 있다고 덧붙였다. 현재 위치에서 북동쪽으로 반나절 정도 가면 되는 곳이었다.

바람 한 점 없는 조용한 날이었기에 그녀는 망대 위에서 그들이 주고받는 말을 단 한 마디도 빠트리지 않고 들을 수 있었다.

다시 물범 사냥을 개시했다. 빌리는 충분한 시간을 두고 방아쇠를 당겼다. 정확하게 조준하고 적절한 순간에 총을 쏘았다. 그는 확신이 설 때까지 참고 기다리는 인내심을 보였다. 확신할 수 없는 상황에선 절대 총을 쏘지 않았다. 이느덧 밤 9시가 가까워졌다. 마리는 양볼이 햇살에 심하게 그을린 것을 그제서야 알아챘다. 영하의 날씨와 한기 때문에 햇살에는 전혀 신경 쓰지 않았던 것이 실수였다. 백야 때문에 밤이 되어도 밤인 줄 모르는 것과 마찬가지였다. 빌리의 사격에는 아무런 문제점을 찾을 수 없었다.

하지만 문제는 다른 곳에서 발생했다.

그녀는 망원경으로 총알이 새끼 물범의 머리와 목에 박히는 것을 보았다. 빌리는 한 번에 급소를 맞히지 못하면 주요 내장 부근을 목표로 총알을 발사해서 치명적인 상처를 더했다. 새끼 물범들은 얼음 위에 널브러져 꼼짝도 하지 못했다. 그런데 너무 멀어서 망원경으로 봐도 물범의 숨이 완전히 끊어졌는지 확인할 수 없었다. 하지만 그녀는 정확히 알아야 했다. 이제부터 지독한 사냥이 시작되기 때문이다.

하카픽의 기다란 작대기 끝에는 송곳처럼 날카로운 갈고리가 달려 있다. 그들은 얼음 위에 널브러진 새끼 물범의 목과 옆구리에 갈고리를 찔러넣었다. 날카로운 갈고리가 작은 동물의 몸과 뼈를 파고들며 만들어 내는 소리, 갈고리를 박은 채 울퉁불퉁한 얼음 위로 동물들을 끌어당기는 소리. 뱃전까지 끌어온 동물을 갑판 위로 힘껏 치켜올리면, 새끼 물범의 작고 묵직한 몸통은 갑판 위에 대기하고 있던 다른 선원들에게 전달되었다. 마치 묵직한 꽃다발처럼.

마리는 충동을 이기지 못하고 선글라스를 잠시 벗었다. 눈앞에서 벌어지는 일을 더 자세히 보려면 두 눈과 세상 사이에 걸리적거리는 것이 아무것도 없어야 했다. 얼음에 반사된 햇살이 눈을 아프게 파고들었다. 태양을 정면으로 쳐다보는 것 같았다. 수많은 작고 검은 점이 홍채 위에서 춤을 추었다. 그녀는 심장마비나 발작을 일으키기 직전의 사람도 같은 경험을 하겠지 생각했다.

새끼 물범들은 죽지 않았다. 여전히 움직이고 있었다. 단말마와는 거리가 먼 고통의 떨림이 작은 동물의 몸통을 타고 지느러미까지 이어졌다. 어떤 물범은 날카로운 고리가 턱 위쪽으로 다가오는 것을 보고 피하기 위해 절망적으로 움직이기도 했다. 망원경 렌즈를 통해 아직 숨이 붙어 있는 한 쌍의 갈색 눈동자가 보였다.

혼잣말로 중얼거렸다. 아직 죽지 않았어. 관련 법에서 어떤 조항에 위배되는지 생각했다. 하지만 그게 소용이 있을까? 그들의 죽음을 정의하는 것이 자신의 책임일까?

이젠 정말 아무 소용이 없는 것일까?

눈앞에 떠돌고 있는 검은 점들은 뭘까? 선글라스를 벗기 전에는 검은 섬들이 눈앞에 없었다고 확신할 수 있을까?

그녀가 다시 회의를 요구했다.

"에릭도 올 예정입니다." 아렌츠가 체념한 듯 말을 이었다.
"꼭 참석해야겠다고 하더군요. 당신이 자신의 등 뒤에서 불평
하는 것을 받아들일 수 없다고 했습니다."

식당에 들어가니 에릭이 식탁 위에 해체한 칼라시니코프를 올려놓은 채 앉아 있었다. 총을 청소하는 갖가지 도구도 함께 있었다. 쇠손잡이가 달린 가느다란 솔, 펜치, 가느다란 줄과 홈이 파인 파이프 등.

에릭은 마리를 쳐다보지도 않은 채 말을 내뱉었다. "또 무슨 일 때문이요? 불평을 또 하고 싶은 거요? 내 사격에 관해 싸움을 걸고 싶은 건가?"

"지난 사흘간의 숫자를 바탕으로 하고 싶은 말이 있습니다." 그녀가 말을 이었다. "우린 오늘 숫자에 관해 얘기할 겁니다. 하카픽을 사용한 사냥법에 관해서도 언급할 생각입니다."

반자동 소총을 바라보았다. 에릭의 견고한 손 안에 있는 무기가 그와 닮았다는 생각이 스쳤다. 동시에 그들의 말소리가 마치 얇은 장막 뒤에서 웅웅거리는 희미한 소음처럼 느껴졌다. 식당 안에서 무기를 보고 있자니 목구멍 쪽에서 비릿한 냄새가 올라왔다. 금방이라도 토할 것 같았다.

"숫자는 쓰레기에 불과합니다. 일부 사실만 들추어 내서 얼마든지 사실을 왜곡할 수 있어요. 언제까지 이런 이야기를 계속해야 합니까. 당신이 말하는 숫자가 현실적으로 받아들여지기를 원하면 사냥이 끝난 후에 전체적인 결과를 얘기해야…."

"그렇지 않습니다." 그녀가 에릭의 말을 끊었다. "나는 지금 지난 3일간의 숫자에 대해서만 이야기할 것입니다. 당신들은 최소한 서른두 마리의 동물을 숨이 완전히 끊어지지 않은 상태에서 포획했습니다. 서른두 마리. 이 숫자는 한 철 사냥을 통틀어 예상할 수 있는 숫자입니다. 그런데 당신들은 불과 3일 만에 이 숫자에 도달했습니다. 여기에 모두 기록해 두었습니다. 이 수첩에."

수첩을 들어 보여 주었지만 칼라시니코프가 주는 영향력과는 비교할 수 없을 정도로 미미했다. 에릭이 해체했던 부품의 마지막 부분을 제자리에 끼워 넣었다. 그러자 위협스런 금속성 소리가 식당 안에 울려 퍼졌다. 그녀는 아렌츠를 향해 말을 하고 싶었지만 입을 열면 눈물이 왈칵 쏟아질 것 같아 아무 말도 하지 않았다. 그녀는 자신의 모든 감각과 신경이 눈앞의 치명적인 무기에 집중되어 있음을 인정하지 않을 수 없었다. 기괴하면서도 우스꽝스러운 상황이었다.

식당 안에 화가 꽉 찬 소리가 울려 퍼졌다. "이처럼 좋은 날씨는 흔치 않습니다. 새끼 물범이 불쌍하다고 생각하는 저 여자 때문에 사냥을 멈추고 뱃머리를 돌릴 수는 없습니다. 페더, 당신도 저 여자가 나를 두고 불평을 늘어놓는 걸 보지 않았습니까. 저 여자는 나한테만 불평을 늘어놔요. 불평을 하고 또 하고, 끊임없이 내 사격 실력에 관해 비판하고 쪼아댑니다. 제기랄, 페더. 당신은 내가 여기 가만히 앉아서 저 여자가 하는 쓰레기 같은 말을 듣고만 있길 바랍니까? 저 여자는 우리가 규정을 위반했으니 벌금을 내야 한다며 위협하고 있어요. 맞습니다, *저 여자는 우리가 물범 사냥에서 적자를 내기를 원합니*

117

다. 페더, 당신도 잘 알고 있잖습니까. 소위 감독관이라는 사람들은 무식하기 짝이 없어요. 사격에 관해 현실적으로 불가능한 요구를 하고 있어요. 저 여자가 육지에서 어떤 경험을 했든, 이곳에선 통하지 않습니다. 그런데 우리한테 **말도 안 되는 요구를** 하며 잘난 척을 해? 그것도 우리 면전에서. 감독관이라는 호칭을 가지고 있는 무리들이 배운 것이라곤 전임자로부터 인계받은 종잇조각에 적힌 글자들과, 글자들…, 글자들과 편견과 과거 발생한 문제들에 관해 비비 꼬인 판단력뿐입니다. 왜 우리 배만 저 여자 때문에 불이익을 당해야 합니까. 페더, 당신은 선장이니다른 선박에서 발표되는 숫자도 잘 알고 있을 거 아니에요. 어쨌든 나는 저 여자의 요구를 받아들일 수 없습니다. 이런 취급을 받고 싶지 않습니다. 절대! 하하하. 저 여자가 하는 말은 무식하기 짝이 없어요. 솔직히 태어나서 이토록 엉뚱한 말은 처음 들어봐요. 저 여자가 심지어 내게 물범 접근 금지 명령을 내릴 수도 있겠군요.”

심지어?

“갈고리 사용은…” 그녀가 헛기침을 했다. 주제를 돌릴 필요가 있다고 생각했다. 선장과 일등 사수 간의 대화는 이미 통제력을 벗어나 있었다. 누군가 식탁 위로 손바닥을 내려칠 때마다 깜짝 놀라 식은땀이 흐르는 걸 그들에게 보이고 싶지 않았다. 칼라시니코프의 총구로 식탁을 내리칠 때는 말할 것도 없었다.

"있어서는 안 될 일입니다. 그건… 음….."

"있어서는 안 될 일?" 아렌츠가 눈썹을 한껏 치켜떴다. 그녀는 상황을 이해해 보려 정신을 집중했다. 지금 그녀를 몰아붙인 사람은 아렌츠가 아니라 에릭이었다. 오히려 그는 여전히 가죽 의자에 침착하게 앉아 있었다. 하지만 그녀는 두 사람이 발산하는 이미지를 구분해 내는 데 큰 어려움을 겪었다.

"당신, 보자보자 하니까…." 아렌츠가 손가락을 들어 그녀를 가리켰다. 그는 다른 손으로 아무것도 쥐고 있지 않았지만 마치 무언가를 힘껏 으깨어 부수는 것만 같았다.

"살아 있는 물범에 갈고리를 찔러넣으면 안 됩니다." 그녀가 재빨리 말을 이었다. "사냥 시 하카픽을 사용할 때도 정해진 규정이 있습니다. 당신들은 이 규정을 모두 위반하고 있습니다. 내가 바라는 것은….."

"제기랄, 입닥쳐!" 아렌츠가 주먹을 쾅 내리치며 소리쳤다. 가죽 의자의 쿠션은 충격을 흡수했지만 그의 몸은 용수철처럼 튀어올랐다. 선 채로 그녀와 에릭에게 등을 돌리고 창밖의 얼음을 바라보았다.

"그럼 이제는 내가 바라는 것이 무엇인지 한 번 들어보시죠." 에릭이 차가운 미소를 흘리며 두 손으로 반자동 소총을 들어올려 그녀를 겨누었다. "만약 가능하다면 이걸로 당신 몸에 깊숙이 박아넣고 싶군요."

"내가 바라는 것은… 내가 하고자 했던 말은… 선원 전체가

119

다 모인 자리에서 이야기하는 것입니다." 그녀가 귓속말을 하
듯 나직이 말을 이었다. "여기. 이 식당에서. 사냥을 마무리할
때까지 더 나은 협력을 위해 우리가 함께할 수 있는 일이 무엇
이 있을지 이야기해 보는 것도 좋다고 생각합니다."

아렌츠는 마리의 의견을 받아들였다. 선원들이 식당으로 모여들었다. 러시아인 선원은 무슨 일인지 전혀 이해하지 못했다. 보아하니 그는 모든 상황을 농담으로만 받아들이는지 오로라호에서 함께 왔던 동료 선원을 향해 자위 흉내를 내고 있었다.

갑자기 모든 것이 명쾌해졌다.

선내 갈등은 여전했다. 크리스토퍼는 지시를 어기고 모습을 드러내지 않았다. 빌리는 총을 정리하고 있었다. 그녀는 자신이 모르는 일이 물밑에서 진행되고 있다고 짐작했다.

아렌츠가 말문을 열었다. 오후로 접어들며 거칠어진 파도 때문에 균형을 유지하기 위해 자세를 자주 바꿔야 했다. 그것만 제외하면 침착한 태도를 유지했다. "이 배의 감독관, 마리… 마리가 일을 더욱 효과적으로 하기 위해 몇 가지 제안을 하겠다고 합니다. 사냥에 관한 것입니다. 감독관은 우리의 사격 방법이 좋지 않다고 지적했습니다. 급소를 명중시키지 못해 상처만 입는 물범이 필요 이상으로 많다고 합니다. 그렇습니다. 감독관은 우리의 일을 멈출 수 있는 권한을 가지고 있습니다. 때문에 우리는 감독관의 의견을 들어볼 필요가 있다고 생각합니다."

초단파 무전기를 사용하면 안 되는데… 그녀는 누군가 혼잣말로 중얼거리는 소리를 들었다.

"규정을 어기지 않고 일을 더욱 효과적으로 진행하기 위해 여러분의 의견을 듣고 싶습니다." 그녀가 말을 시작했다. 하지만 아무도 입을 열지 않았다. "원활한 의사소통을 위해 생각해 보아야 할 점이 있다고 생각합니다. 의사소통이 매끄러워지면 상처만 입고 고통에 떠는 동물의 수도 줄일 수 있으리라 확신합니다."

그녀의 말은 사무적이고 딱딱했다.

선원들은 일제히 에릭을 쳐다보았다. 그는 선원들이 식당으로 들어오기 전에 칼라시니코프를 무기장 속에 넣어두었다.

"빌리가 사격에 더 자주 참여해야 한다고 생각합니다. 빌리는 경험이 풍부한 사냥꾼이고 기회가 주어졌을 때 그 능력을 충분히 발휘합니다. 일등 사수의 입장에선 정확성과 집중력을 유지하기 위해 충분한 휴식을 취하는 것이 매우 중요합니다. 빌리가 많이 도와주어야 한다고 생각합니다."

에릭이 몸을 벌떡 일으켰다. 거대한 몸뚱아리가 의자 위에서 흔들거렸다.

"자리에 앉게." 빌리가 에릭을 향해 소리쳤다. 빌리의 목소리는 그녀에게 한 가닥 빛 같았다. 아니, 그랬던가.

"저 잡년이 하는 말을 들어보기나 하자고. 그래야 우리가 이 자리를 빨리 벗어날 수 있으니까. 해야 할 일이 많잖아."

"선박 내에서 안정을 유지해 주기 바랍니다." 그녀가 더듬거리며 말을 이었다. "갈등과 말다툼은 총을 쏘는 사수의 집중력을 저해합니다. 또한 감독관의 말을 존중해서 상처만 입히는 동물의 수를 줄일 수 있도록 모두 함께 노력해 주시기 바랍니다."

회의는 이렇다 할 만한 끝맺음이 없었다. 시작도 없었고, 토론도 없었다. 하지만 적어도 그녀는 하고 싶은 말을 다했다.

잡년, 잡년, 잡년. 그녀가 들은 말은 이것뿐이었다.

거울은 무자비했다. 거울에 비친 마리의 모습은 피곤에 지쳐 있었고 엉킨 머리카락은 기름기로 가득했다. 꽤 오랜 시간 울었다는 것도 숨길 수 없었다. 두 눈은 염증이 생겼는지 충혈되었고 아프기까지 했다.

그녀는 난생 처음으로 그런 말을 들었다. 신경 쓸 필요가 없다고 생각했지만 쉽지 않았다.

견디기가 힘들었다. 오른쪽으로 시선을 돌렸다. 손으로 벽에 걸린 코르크 보드를 꽉 눌렀다. 구멍이 숭숭 뚫린 코르크 표면이 손톱 밑을 파고들었다.

학창 시절 자취방에 있던 코르크 보드는 빈틈없이 꽉 차 있었다. 코르크 보드에 제일 먼저 꽂아 놓은 것은 신년 파티에서 찍은 사진이었다. 고등학교 졸업 전에 친구들과 찍어서 꽂아 놓은 사진의 한쪽은 과다 노출로 하얗게 변했다. 불꽃놀이 때문인지, 폭죽 때문인지 알 수 없었다. 양옆에는 세실리에와 린다가 서 있었다. 미소 짓고 있는 그들의 눈동자는 붉은색이었다.

그 후 그녀의 코르크 보드는 빈자리가 조금씩 줄었다. 강의 시간표. 차곡차곡 접힌 기차 시간표. 주말에 집으로 가는 기차 시간을 확인하기 위해서였다. 갖가지 쿠폰과 살사댄스 강좌 광고도 있었다.

신년 파티에서 찍은 사진은 이사를 하며 잃어버렸다.

마리는 이 배에 오르기 전에 사진을 가져가야겠다는 생각을 하지 않았다. 기껏 6주였으니 무의미하다고 생각했다.

무엇을 가져올 수 있었을까? 집을 떠올릴 기억? 육지의 일상을 떠올릴 사진? 사진을 가져온다 해도 이미 몇 년 전 것이었다. 최근의 사진은 모두 휴대전화에 저장되어 있었다.

휴대전화에 저장해 둔 사진을 불러냈다. 그래도 마음이 안정되지 않았다. 휴대전화 속 사진은 벽에 걸린 사진과 달랐다. 손가락으로 휙휙 넘기며 보는 휴대전화 사진은 마음의 안정을 주기에 부족했다.

갖가지 필터를 사용해 장식한 사진들은 당시의 기억을 떠올리기 쉽지 않았다. 가을에 찍었던 아로니아 덤불. 높다란 건물 뒤로 내리쬐는 햇살. 도시 풍경 속으로 흘러내리는 강렬한 석양. 누군가를 태그한 사진도 있었지만 이유가 기억나지 않았다. 그 사진에는 사람이라곤 한 명도 보이지 않았기 때문이다.

손가락은 무언가에 쫓기기라도 하듯 휴대전화의 화면을 스쳤다. 친구와 사는 강아지 사진. 헌법제정일에 뒷마당에서 아침 식사를 하며 찍은 사진 속에는 지인과 함께 사는 남자가 있었다. 그런데 그 남자에 대해 기억나는 것이 아무것도 없었다. 이름조차 기억나지 않았다. 사진 속에 보이는 어린 아이가 누군지도 기억해 낼 수 없었다.

사진을 넘기다 보니 어느덧 최근 배에서 찍은 사진까지 오게 되었다. 급하게 찍은 서너 장의 사진. 사진 찍기는 선원들의 불평하는 듯한 눈초리 때문에 얼마 가지 않아 그만두어야만 했다.

숨이 가빨라졌다. 왜 아무것도 구체적으로 기억나지 않을까? 집을 향한 그리움—사실 그리워하는 것이 무엇인지도 명확하지 않지만—마저도 창밖의 얼음처럼 윤곽이 없었다. 마치 얼음장처럼 차가운 손길이 몸을 쥐어짜는 것만 같았다.

왜 이러는 거야.

그녀는 외로운 비명을 질렀다.

새끼 물범 여섯 마리가 해빙 위에 널브러져 있었다.

배는 엔진을 껐다.

배는 천천히 해빙을 향해 미끄러지듯 나아갔다.

아래쪽에서 에릭이 칼라시니코프를 치켜들고 망대에 있는
마리를 겨누었다. 입가에 차가운 미소가 흘렀다. 두 눈은 '*니가
거기 있는 걸 알고 있어*.'라고 말하는 것 같았다. 하지만 총을
쏘진 못할 것이다. 그녀도 그 정도는 알고 있었다.

그는 여섯 발의 총알을 연속으로 쏘았다. 잠시 후 다시 여섯
발이 발사되었다. 철컥-철컥-철컥. 딱딱하고 인공적인 쇳소리.
어렸을 때 텔레비전 뉴스에서 들었던 인티파다*, 무자헤딘**,
페샤와르*** 같은 단어가 떠올랐다. 북극해의 공기 중으로 스멀
스멀 솟아오르는 쇳소리. 병적으로 날카로운 쇳소리는 고통스
런 울부짖음이었다.

첫 여섯 발은 공포심을 조장했고, 다음 여섯 발은 움직임을
저해했다. 새끼 물범이 겁에 질려 도망치는 것을 막기 위해서
였다. 총알은 사정없이 동물의 몸에 박혔다. 어떤 새끼 물범은
연속적으로 날아드는 총알에 지느러미부터 머리까지 몸이 두

---

* 인티파다intifada, 이스라엘에 대한 팔레스타인의 저항운동.
** 무자헤딘mujahedin, 자하드 성전에서 싸우는 전사들.
*** 페샤와르peshawar, 수많은 나라에게 점령당한 파키스탄의 도시.

동강 나기도 했다.

물범의 배가 터져 내장이 흘러나오기도 했다. 어떤 물범은 여섯 발을 연속으로 맞고도 지느러미를 움직여 앞으로 나아가려 안간힘을 썼다. 필사적인 움직임에도 물범의 몸통은 제자리에 멈추어 있었다. 어떤 물범은 몸이 완전히 마비되었다. 물범의 등뼈가 툭 튀어나온 것도 볼 수 있었다.

그럼에도 새끼 물범들은 해빙의 가장자리로 도망치려 있는 힘을 다해 절망적으로 움직였다.

에릭은 계속 총을 쏘았다.

마리는 상체를 앞으로 숙였다. 무릎 사이에 머리를 집어넣고 토했다. 한 줌의 위액이 두세 번 연속해서 흘러나왔다. 며칠 동안 아무것도 먹지 않은 상태였다. 마른 구토.

마리는 구급차가 올 때까지 멈추지 않았다. 나중에 들은 이야기도 다르지 않았기에 스스로에게도 그리 말하며 믿을 수밖에 없었다. 거짓말을 지어낸 사람에게 거짓말을 하기는 불가능하다.

사이렌 소리가 들릴 때까지 10분 이상이나 심폐소생술을 계속했다. 저 멀리 아래쪽 나뭇가지 사이로 구급차의 푸른 불빛이 보였다. 땅에 등을 대고 드러누웠다. 아빠의 심장은 꺼져가고 있었다. 하지만 더 이상 단 일 초도 힘을 쓸 수가 없었다. 구급차는 30초면 도착할 수 있었다. 옆길 다른 오두막으로 길을 잘못 들지만 않았어도.

식당에서 에릭이 담배를 입에 물고 커피를 따르고 있었다. 담배에는 불이 붙어 있지 않았다. 식당에는 빈자리가 없었다. 모두 그곳에 모여 있었다. 마리는 발소리를 쿵쿵 내며 에릭에게 다가가 그의 가슴에 손가락을 찔러넣었다. 뜨거운 커피가 넘쳐 손에 흘러내렸지만 그는 신경 쓸 겨를이 없었다.

"뭍으로 돌아가면," 그녀는 한 마디 한 마디를 강조하며 천천히 말을 이었다. 그녀의 이빨 사이로 뭉쳐진 단어들이 힘겹게 새어 나왔다. "당신을 동물학대죄로 고발할 겁니다."

마리는 아렌츠와 함께 선교에 섰다. 그는 검은 챙 모자를 눌러쓰고 지퍼를 목까지 올린 스웨터를 입고 그녀에게 커피잔을 건넸다.

구름층이 공기 중의 선명함을 모두 빨아들인 듯 세상의 색은 희미하고 단조로웠다. 석회빛을 띤 하늘은 어제보다 한층 낮게 내려앉아 있었다. 갖가지 냄새가 산들바람을 타고 커피향과 함께 선교로 흘러나왔다. 엔진오일. 소금에 절인 고기 냄새. 그들은 지난 며칠 동안 바다향을 느끼지 못했다. 지금껏 바다는 얼음으로 뒤덮여 있었으니까. 하지만, 그날은 한 자락 해초 냄새를 맡을 수 있었다.

생각했던 것보다 그린란드에 훨씬 더 가까이 온 것 같았다. 간간히 머리 위를 나는 물새도 볼 수 있었다. 바닷새를 따르고 있는 것 같았다. 물새들 위에는 독수리 한 마리가 날고 있었다. 독수리는 커다란 날개를 펼쳐 유유히 하늘을 갈랐다.

"그리 현명하지 못했다는 생각이 드는군요." 아렌츠가 말했다. 그는 바다 위의 얼음만 바라볼 뿐 물새에겐 전혀 시선을 돌리지 않았다. "좀 더 조심할 필요가 있어요. 이런 곳에선 조그만 일이라도 크게 확대되어 잘못될 가능성이 큽니다. 의견이 일치하지 않을 때 이를 해결하는 방법은 여러 가지가 있습니다. 얼음은 아무것도 기억하지 않는다는 말을 염두에 두기 바랍니다."

그녀는 자리를 벗어나려고 몸을 돌렸다. 식당 앞에 이르러서 다시 몸을 돌렸다. 자신을 죽인다고 해도 문제를 해결할 수 없다고 말하고 싶었다. 그런 일이 생긴다면 즉각 사냥을 멈추고 뱃머리를 돌려야 할 테니까.

　그녀는 마음 속에 있던 생각을 억누르고 다른 말을 했다. "그건 사실과 다릅니다. 산소동위원소, 아시죠? 지질 채광을 해보면 얼음은 수십만 년 전의 과거까지 기억합니다."

시각은 자정을 훌쩍 넘겼다. 객실 문밖에 누군가 있다는 걸 알 수 있었다. 벌써 몇 시간 전부터 서성거리는 발자국 소리와 숨소리가 문밖에서 들려왔다. 창문 아래 자리한 나무 의자 위에 쭈그리고 올라 앉아 양팔로 무릎을 감쌌다. 창밖에는 어느덧 구름이 사라지고 백야의 햇살이 내리쬐고 있었다. 너무 많은 변화가 한꺼번에 생겼던 날이다.

"나오는 게 두려워?" 목소리가 들렸다.

"우리 면전에 그렇게 쓰레기 같은 말을 퍼부을 정도였으니 지금 문밖으로 나오는 것도 두렵지 않을 텐데. 안 그래?"

목소리는 침착하고 차분했다. 생명을 지닌 존재의 목소리라고는 느껴지지 않을 정도로 높낮이를 전혀 느낄 수 없는 말투. 누가 엿들어도 상관없다는 듯 당당했다(하긴 엿들을 사람이 누가 있겠는가). 문득 문앞에서 처음으로 말을 한 사람이 이 남자구나라는 생각이 스쳤다. 지금껏 문밖에 누군가가 말없이 있다고 생각했는데 그 짐작이 사실로 드러난 셈이다.

지난 며칠 동안 선원들과 말을 나눴는데도 목소리의 주인공이 누구인지 알 수 없었다. 이상했다.

문밖에 서 있는 사람이 한 명뿐인 건 맞나?

확신할 수 없었다. 꼼짝달싹할 수 없었다. 식은땀이 흘러내려 옷을 적셨다. 땀을 흘리자 체온이 떨어지기 시작했다. 두 손도 떨리기 시작했다. 떨림을 통제할 수 없어서 양손을 맞잡아 쥐었다. 맞잡은 양손에 힘을 더했다. 뜨거웠다. 열이 나는 건가.

"여기서 니가 할 수 있는 건 아무것도 없다는 걸 아직도 모르겠어? 이, 화냥년 같으니. 이게 다 니가 자초한 거야. 니가 스스로 원한 일이라고. 너도 알고 있을걸. 니가 이 배에 올라탄 게 이 모든 일의 원인이라는 걸."

자물쇠에 열쇠를 꽂는 소리가 들렸다. 날카로운 갈고리의 날이 얼음을 스칠 때 만들어 내는 소리와 비슷했다.

자물쇠에서 열쇠를 빼내는 소리가 뒤를 이었다. 마리는 여전히 꼼짝도 하지 않았다. 나무 의자 위에 가만히 앉아 다시 열쇠가 자물쇠에 꽂히는 소리가 들릴 것이라 짐작했다. 그들은 한밤중에 발로 문을 차는 행위 대신 자물쇠에 열쇠를 꽂았다가 빼는 일을 시작한 것 같았다. 수평으로 놓여 있던 잠금 장치가 딸깍하는 소리를 내며 수직으로 자리바꿈을 했다.

　다시 잠금 장치가 걸리고 열쇠가 빠지는 소리가 수차례 반복되었다.

　이번엔 그녀가 재빨리 몸을 일으켰다.

벽에 기댄 채 구부리고 앉아 문 손잡이를 힘껏 잡아 쥐었다. 너무 세게 쥐어서 손끝에서 핏기가 사라질 정도였다. 뾰족한 금속 마무리가 살에 닿아 빨간 액체가 흘러나왔다.

문밖에 서 있던 사람은 그녀가 안에서 무엇을 하는지 알고 있는 것 같았다. 나직한 코웃음 소리가 들려왔다. 그녀의 반응에 만족해하는 것 같았다. 그는 일정한 간격을 두고 자물쇠에 열쇠를 꽂았다 빼는 일을 반복했다. 문을 여는 일에는 관심이 없는 것 같았다. 그녀가 문 손잡이에 매달려 있는 것에 만족해하는 것 같았다.

얼마나 오랫동안 이 상태로 앉아 있을 수 있을까? 언제까지 안간힘을 다해 문 손잡이를 붙들고 있어야 할까? 그 어떤 질문에도 대답을 할 수가 없었다.

화장실을 가는 것도 불가능했다. 상관없는 일이다. 몸 밖으로 배출할 것도 없었다. 망대에서 구토를 한 후론 아무것도 먹거나 마시지 않았다. 심지어 양치도 하지 않았다. 문득 객실의 좁은 공간을 채우는 그녀의 퀴퀴한 체취가 강하게 코를 찔렀다. 입에서도 악취가 났다. 체취는 마치 꽃을 피우기 직전의 양귀비처럼 달짝지근하고 눅눅했다.

문밖에서 목소리가 들려왔다. 중간 중간 끊어지는 말소리를 모두 알아듣기는 쉽지 않았지만 무슨 말을 하고 있는지는 확실하게 짐작할 수 있었다.

　"시간은 많아." 굵직하고 묵직한 목소리였다. "할 일은 아무것도 없어. 도망칠 곳도 없지. 시간은 충분해."

선원 중 한 명은 몸무게가 100킬로그램은 족히 넘는 것 같 았다.

90킬로그램? 95킬로그램?

70킬로그램. 몇 명은 70킬로그램 정도 되어 보였다.

그토록 무거운 이들에게 대항해 얼마나 오랫동안 견딜 수 있 을지 확신할 수 없었다.

.222구경.

.308구경.

시각을 확인하고 싶었다. 이 고문에 작용하는 시간적 리듬을 알고 싶었다. 하지만 알람 시계의 화면은 백야의 햇살에 반사되어 숫자를 제대로 읽을 수가 없었다. 시계를 보려면 문 손잡이를 쥐고 있던 손을 놓고 몸을 움직여야 했다.

이 고문에는 분명 어떤 형태의 시스템이 존재했다. 마리는 문밖에서의 행위가 반복될 때마다 속으로 초를 세고 분을 세었다. 이 일은 환한 밤이 끝자락에 이를 때까지 계속되었다.

한순간 한계에 다다랐다. 포기하고 싶다는 생각을 이겨내기가 힘들었다. 여전히 문의 잠금 장치를 힘껏 부여잡고 있었지만 몸은 뇌가 내리는 지시를 거역하고 싶다고 발버둥치는 것 같았다.

너무 지쳤다. 형언할 수 없는 피곤함은 뜨거운 아스팔트처럼 그녀의 몸을 스멀스멀 감싸왔다. 온몸의 근육도 뻣뻣하게 마비되기 시작했다.

더는 아무것도 기억할 수 없었다.

"그것은 잘 알려진 현상입니다. 몸이 스스로 전원을 꺼 버리는 것이라고나 할까요. 크나큰 재앙이나 슬픔을 겪은 사람들에게서 자주 볼 수 있습니다. 불행한 사고를 당했을 때도 마찬가지죠. 그들은 당신에게 모욕을 주었습니다. 견딜 수 있는 한계치를 훨씬 넘어설 정도의 심한 모욕이었죠. 그것은 가장 은밀한 개인의 사생활권을 침해한 인신공격의 형태라고 볼 수 있습니다. 당신의 몸이 그러한 반응을 보였던 것은 피할 수 없는 일이었어요."

지난 일은 말을 통해 형태를 갖추었다. 그것은 증거기도 했다.

위기심리상담사는 50대의 기품 있는 여인이었다. 그녀가 두른 숄과 양모 재질의 하늘거리는 스카프는 상담을 하러 온 이들에게 기운을 북돋워 주기에는 너무 우아했고, 덴마크제 흰색 의자는 과거의 아픈 기억을 되새기기에는 너무 고상했다.

언제 잠에 빠졌는지 기억이 없었다. 잠을 잤는지조차 기억할 수 없었다.

문밖의 소리가 언제 멈추었는지도 기억나지 않았다.

갑자기 의식을 잃은 후의 일은 아무것도 설명할 수 없었다.

마치 유체이탈을 경험한 것 같았다. 객실 안을 둘러보니 변한 것은 아무것도 없었다. 그럼에도 무언가 확연히 달라진 것 같은 느낌은 지울 수 없었다. 신체 감각들이 엉망이 된 것 같은 상황이 견디기 힘들었다. 언제 침대에 돌아와 누웠는지도 기억할 수 없었다.

누군가가 문을 두드리며 마리를 불렀다. 아렌츠의 목소리였다.

"우리 배에 비정기 점검이 있을 예정입니다. 불시 점검입니다."

점검이라고? 도대체 누가?

"이베르 후이트펠트."

남자? 오로라호에서 온 감독관인가? 아니면 다른 지역에 소속된 선박에서 온 사람?

"그린란드 영해 소속의 구축함입니다. 물론 덴마크 국적호입니다. 그곳 감독관이 방문하니 보고를 위해서 다시 뭐라도 걸치고 서둘러 갑판으로 나오기 바랍니다."

다시 뭐라도 걸치라고?

몇 시지? 7시 30분. 저녁, 아침? 알 수 없었다.

마리는 마지막 결정을 내리기 전에 상황을 살펴봐야 할 필요를 느꼈다. 먼저 조타실 뒤쪽의 선교로 나가 주변을 둘러보았다. 이 상황이 음모의 한 부분일지도 모른다는 생각이 들었다.

연회색의 구축함은 배의 서쪽에 정박해 있었다. 구축함의 후미에는 포구가 장착되어 있었고, 우현에는 커다란 이동식 배터리가 있었다. 뱃전에는 하얀색으로 F361이라고 적혀 있었다. 색이라고는 덴마크 국기와 뒤쪽 갑판의 헬리콥터 착륙 지점을 표시한 노란색 줄뿐이었다.

배를 방문한 구축함 선원은 모두 다섯이었다. 그중에는 해군 소령도 있었다. 직위 체제에는 문제가 없는 것 같았다. 하지만 그들이 말하는 점검은 진지한 감독 행위와는 거리가 멀었다. 구축함의 경력 없는 신입 선원들을 위해 다른 선박을 가볍게 방문하는 정도였다. 구축함에서 온 사람들은 아렌츠와 에릭을 둘러싸고 반원형을 그리며 서 있었다. 빌리는 사격 스탠딩 지점에 서 있었다.

그녀는 망대에 누가 있는지 올려다보았다. 아무도 없는 것을 확인한 그녀는 그제서야 선교의 문을 열었다.

아렌츠의 안락의자가 심하게 흔들려서 마리는 똑바로 앉아 있을 수가 없었다. 그녀는 여전히 마음의 결심을 못하고 송신기의 빨간 단추를 몇 번이나 가볍게 두드렸다. 잠시 생각에 잠겼다가 채널 16번을 맞추고 송신 단추를 꾹 눌렀다.

"라디오 보되, 라디오 보되." 그녀가 말을 이었다. "여기는 M/S 크발피오르호. 여기는 M/S 크발피오르호."

"크발피오르. 여기는 라디오 보되. 말하라." 초단파 무전기에서 지직지직하는 소리와 함께 말소리가 들려왔다.

"해수부에서 파견되어 크발피오르호에 승선한 마리 리사 감독관입니다."

"안녕하십니까." 응답 소리가 이어졌다. "리사 씨, 채널 60을 이용해 주시기 바랍니다."

"괜찮습니다, 보되." 16번 채널은 보되, 로갈란드, 플로뢰, 최메 등의 지역은 물론 모든 해양경비소에서 들을 수 있는 공개 채널이었다. "현 채널을 계속 이용하겠습니다."

"원하시는 대로 하셔도 좋습니다." 라디오 보되에서 응답이 왔다.

"M/S 크발피오르호에서 자행된 위반 행위에 관해 해수부에 알리고자 합니다. 해당 선박에는 육지와 소통할 수 있는 송전 안테나가 없습니다. 본인은 해당 선박이 진행하던 물범 사냥과 관련하여 일등 사수인 에릭 헨릭센의 사냥법 위반 행위를 보고하고자 합니다. 선장 페더 앙케르 아렌츠도 사냥법 및 동물법 위반 행위로 함께 보고합니다. 인지하셨습니까?"

긴 침묵이 이어졌다. 기분 나쁠 정도로 긴 침묵이 이어졌지만 개의치 않았다. 그것은 16번 공개 채널이었다.

"크발피오르. 여기는 보되. 보고 사항 인지했다. 오버."

"좋습니다. 앞선 보고에 이어, 본인은 에릭 헨릭센을 폭력과 위협 행위로 경찰에 고발하고자 합니다. 그 외의 선원들도 폭력과 위협 행위에 동참한 사항으로 함께 고발합니다." 잠시 말을 멈추었다가 단추를 누른 손을 떼었다. 잠시 생각에 잠겼던 그녀는 다시 단추를 누르고 말을 이었다. "본인에 대한 성폭력입니다."

마리의 마지막 말은 공기처럼 배 안을 떠돌았다. 자신의 입에서 나온 말이 백색 소음이 되어 사라질지, 아니면 그들의 귓전까지 흘러들어 갈지 궁금했다. 만약 그들의 귓전까지 흘러들어 간다면 그것은 마른 풀에 붙은 불처럼 신속하게 번져 나갈 것이다. 바다에서 물범 사냥 중인 다른 선박은 물론 해양작업지원선, 케이블 부설선*, 뭍에 자리한 해양 스테이션에서도 인지하게 될 것이다. 해양경비국은 물론 해상 초계기의 파일럿들도 놀란 표정으로 눈빛을 교환할 것이다.

---

* 케이블 부설선cable ship, 해저 설치 작업을 하는 선박.

마리는 갑판으로 나가 망대를 올려다보았다. 어느새 크리스토퍼가 올라가 있었다. 그는 당황한 표정으로 아래쪽에 모여 있는 사람들에게 번갈아 가며 시선을 던졌다.

아렌츠는 그녀가 소령에게 다가갈 수 있도록 옆으로 비킨 후 그녀를 소개했다. 소령의 유니폼에는 황금색으로 이름이 적혀 있었다. 묄레르 닐센. 구축함의 최고 결정권자는 아니지만 그녀의 말을 충분히 진지하게 고려해 줄 수 있는 직위에 있었다. 그는 악수를 청하며 만나서 반갑다는 인삿말을 건넨 후 물범 사냥은 어땠는지 날씨는 어땠는지 가벼운 질문을 던졌다.

"이 일은 즉시 그만두어야 합니다." 형식과 예의를 갖출 필요가 없다고 생각했다. "지금 당장. 제발 부탁입니다. 저는 가능한 한 빨리 이곳을 벗어나야 합니다."

소령은 어색한 미소를 지었다. 그는 아렌츠에게 눈길을 던져 보았지만 아렌츠는 이맛살을 찌푸리고 있을 뿐이었다. 미소라곤 전혀 볼 수 없었다.

"무슨 일인지… 이해할 수가 없군요." 소령은 여전히 그녀의 손을 잡은 채 말했다.

"나는 당신들의 구축함으로 가고 싶습니다. 이곳은 안전하지 않습니다. 나는 이곳에서 안전을 위협받고 있습니다."

"아렌츠…" 소령이 아렌츠에게 말을 건넸지만 그의 굳은 눈빛을 보고선 얼른 말을 바꾸었다. "아가씨… 리사하고 했나요?"

"그 여자는 아가씨라고 불리는 걸 좋아하지 않습니다." 아렌츠가 끼어들었다. 그의 목소리는 딱딱하게 굳어 있었다.

"닐센 소령님." 그녀가 말문을 열었다.

"모르텐." 마치 자신의 이름을 밝히면 엉킨 실타래를 풀 수 있다고 생각했던 것일까. 아니면 몇 초 동안 생각할 시간을 벌기 위해서였을지도 모른다. "모르텐이라고 불러 주십시오."

"소령님." 마리는 개의치 않고 단호하게 말을 이었다. "이베르 후이트펠트호에 제가 승선하는 것을 허가해 주십시오. 육지까지만 갈 수 있도록 도와주시면 됩니다. 그린란드로."

"저는 정말 이해할 수가 없습니다. 도대체 무엇 때문에 그러시는지…."

망대 위에 있던 크리스토퍼는 정신을 차린 듯 천천히 갑판으로 내려왔다. "우리는… 지금… 그러니까… 우리 구축함에는 이미 여러 명의 연구원이 승선해 있습니다. 자켄베르그 연구소에서 온 사람들입니다. 더는 민간인을 받아들일 여력이 없습니다."

"소령님, 저는 지금 위험에 처해 있습니다." 애원하듯 말을 이었다. "진심으로 부탁드립니다."

"죄송합니다. 리사 씨." 소리 없는 동요가 일어나기 시작했다. 그걸 알아차리지 못한 사람은 아무도 없었다. 빌리는 바닥에 라이플을 세우고 옆에 서 있었다. 덴마크인 선원들은 자신들의 상관과 노르웨이인 선장을 번갈아 쳐다보았다. "무슨 일

152

인지는 모르겠으나 우리 배에는 당신을 받아들일 만한 여력이 없습니다. 당신의 부탁을 받아들이는 것은 불가능합니다. 죄송합니다."

크리스토퍼가 그들에게 가까이 다가왔다. 그는 당황한 표정을 지으며 그녀를 바라본 후 아렌츠의 어깨를 톡톡 건드려 보려고 했다. 아렌츠는 그가 다가온 것도 모른 채 그녀만 뚫어지게 바라보았다. 주먹 쥔 양손은 제자리가 어딘지 몰라 우왕좌왕하고 있었다.

이 순간이 지나면 가장 먼저 입을 여는 사람이 분위기를 주도해 나갈 것임을 마리는 잘 알고 있었다. 때문에 그 순간이 지나기 전에 재빨리 그곳을 벗어나야 한다고 생각했다. 몸을 홱 돌렸다.

객실로 돌아온 마리는 온몸을 달달 떨며 옷을 벗었다. 떨림은 몸속의 깊숙한 곳에서 시작되어 뼈와 근육, 신경과 세포로 번져 나갔다. 지금껏 단 한 번도 이처럼 격렬하게 몸을 떨어본 적이 없었다. 떨림은 멈출 생각을 하지 않았다.

얇은 양모 내복만 입은 채 복도로 나갔다. 무겁고 뻣뻣한 고무 재질의 구명복을 내리는 일조차 힘겨웠다. 다리 길이는 길고, 고리는 엉켜 있는 딱딱한 재질의 구명복을 입어 보려고 씨름을 하다가 유치원 대체 교사를 했던 경험이 떠올랐다. 아예 구명복을 바닥에 펼쳐놓고 작은 아이처럼 그 안으로 기어 들어 갔다.

종종걸음으로 걷던 마리의 발걸음이 점점 빨라졌다. 어느새 힘껏 달리고 있었다.

선박 끝에서부터 끝까지 달린 것 같다. 구축함에서 온 선원들과 소령을 지나쳤다. 아렌츠, 크리스토퍼, 에릭도 지나쳤다. 그들은 마치 몸이 얼어붙은 듯 몇 분 전과 똑같이 제자리를 지키고 서 있었다. 선박의 후미로 달음박질을 치던 그녀가 미끄러운 바닥에 발을 잘못 디뎌 넘어져 버렸다. 누군가가 그녀의 어깨를 잡아 몸을 일으켜 주었다. 러시아인 선원이었다. 괜찮아요? 그가 정중하게 말했다. 그녀는 두 다리를 모은 채 라이플에 몸을 기대고 있는 빌리를 바라보았다. 이처럼 사람을 잘못 볼 수도 있을까. 침착하게 천천히 발걸음을 옮겨 그를 지나쳤다. 빌리는 여전히 무기에 몸을 의지한 채 그녀에게서 시선을 떼지 않았다.

발 밑의 바닷물은 녹색이었다. 미세한 물방울이 여기저기 생기는 걸 보면 구축함의 엔진은 켜져 있는 상태인 것 같았다.

말 없이 바닷물 속으로 몸을 던졌다.

3
얼음 조각

죽어 가고 있다.

더 정확히 말하면 마리는 죽음을 기다리고 있었다. 그렇게 배웠다.

"바다에 빠져 갑작스런 한기를 느낄 때가 가장 위험한 순간입니다." 생존 교육을 받을 때 강사가 했던 말이다. "갑작스러운 한기는 심장과 폐에 치명상을 입힐 수 있습니다. 차가움에 깜짝 놀랄 경우 사람은 자신도 모르게 입을 벌리며 숨을 들이쉽니다. 이때 많은 양의 차가운 물이 몸속으로 들어오게 되죠. 이때 쇼크 상태가 3분 이상 지속되면 사망에 이를 수 있습니다. 차가운 바닷물에 빠졌을 때에는 대부분 이 때문에 사망합니다."

교육을 받은 후 그녀는 왜 구명복이라는 말을 사용하는지 궁금했다. 강사는 생존 장비라는 말을 사용할 경우 사람들이 근거 없는 안전에 속을 수 있다고 했다. 그 말을 듣고는 현명한 설명이라고 생각했다. 하지만 시간이 흐르면서 구명복이 생존을 보장해 주지 않는다면 무슨 소용이 있을까 하는 생각이 점점 더 강해졌다.

눈에 보이는 녹색 바다는 보글거리는 미세한 물방울로 가득 차 있었다. 문득 어렸을 때 마셨던 사이다가 떠올랐다.

그녀의 머릿속은 조각난 기억으로 복잡하기 그지없었다.

하지만 그녀의 몸이 바닷물에 닿는 순간 조각난 기억들조차 사라져 버렸다.

이때부터 그녀의 기억은 눈송이를 뿌리는 거센 바람에 시시 각각으로 변하는 자연 풍경처럼 어디론가 사라졌다.

"어쩔 수 없어."

마리는 스스로 덴마크 구축함에 올랐다. 얼마나 오래 머무를 수 있을지는 알 길이 없었다. 침대에서 몸을 일으켜 작은 창으로 밖을 내다보았다. 눈에 보이는 것이라곤 회색 하늘과 회색 바다뿐이었다. 배는 천천히 움직이고 있었다.

몸을 감싼 담요 밑을 보니 펑퍼짐한 옷이 입혀져 있었다. 객실로 옮겨지기 전에 의무실에 있었던 것 같았다. 팔뚝에 불쑥 솟아오른 핏줄은 처음 보는 푸르스름한 빛이었다.

침대 옆에 짧은 금발 머리의 젊은 여자가 앉아 있었다. 마리를 옆에서 간호해 주었던 것 같았다.

이름은 로테, 자켄베르그 연구소 직원이었다. 오르후스 대학에서 석사 과정 중에 교환 학생 신분으로 그린란드에서 한 학기를 보냈다고 했다. 그녀는 그린란드에서 몇 달을 보내다 보니 이곳이 너무 좋아졌다고 했다.

그녀의 일은 작은 일회용 플라스틱 컵에 농도 짙은 세제를 담아 숲속 여기저기에 설치하는 것이었다. 정식 연구원이 툰드라 지역의 온실가스 배출량과 이산화탄소 농도를 측정할 수 있도록 사전 준비를 하는 것이었다. 세제가 담긴 컵에 빠져 죽은 모기와 파리의 수를 세고 지난 해의 수치와 비교 분석했다.

그녀는 자신이 하는 일을 설명하며 미소 지었다. 원래 전공은 해양생물학이라며.

(그녀는 로테가 타실라크에서 누크까지 가는 비행기에 함께 타고 있었다는 사실을 이제서야 기억해 냈다. 비행기 창을 통해 바라본 아래쪽의 해빙은 눈송이를 만들기 위해 서둘러 오려낸 종잇조각 같았다. 전혀 위험한 곳 같지 않았다.)

마리가 묵은 곳은 낡은 집을 한데 모아 이어붙인 아파트처럼 보이는 곳이었다. 아파트는 바닷가가 아니라 시내 뒷길의 경사진 자갈길에 있었다. 누크에 있는 동안 그 아파트에서 사흘을 머물렀다. 관광객과 단기 출장을 온 사람들이 머무는 곳이기도 했다.

누크는 트론헤임과 같은 위도에 자리하고 있는 도시였지만 날씨가 너무나 온화해서 놀랐다.

그들은 시내로 가는 길에 형형색색의 집을 지나쳤다. 로테는 그 집들을 보며 말했다. "그린란드의 집값은 매우 비싸요. 인터넷 요금도 굉장히 비싸고요."

다음 길에는 바르샤바나 부쿠레슈티*에서나 볼 수 있는 허름한 아파트들이 한 블록을 가득 채우고 있었다. 황량한 자연 풍경 속에 자리한 아파트는 왠지 어울리지 않았다.

---

* 부쿠레슈티Bucharest. 루마니아의 수도.

새로 지은 예술회관 내의 레스토랑에서 저녁을 먹었다. 탁 트인 이층에 자리를 잡으니 창밖의 현대적 건물 한 채가 눈에 들어왔다. 덴마크인들이 과거에 여러 식민지를 두었던 죄책감 을 상쇄하기 위해 지어 올린 것 같은 화려한 건축물 같았다. 길고 가늘게 자른 옅은색의 떡갈나무 통나무를 외벽에 이어붙 여 물결처럼 보이게 했고, 흰색 대리석에는 이누이트족을 상징 하는 갖가지 심볼을 새겼다.

전채 요리는 눈처럼 하얗고 동그란 접시에 담겨져 나왔다. 그린란드식 타파스라고 했다. 북극 곤들매기 훈제 요리, 그린 란드의 차가운 바다에서 잡아올린 싱싱한 넙치회와 가리비회, 얇은 젤라틴 막으로 고정시켜 겹겹이 쌓아올린 메기의 알.

모두 향이 강하고 끈끈한 발사믹 시럽 속에 푹 잠겨 있어서 생선의 원래 맛을 느끼기란 쉽지 않았다.

사향소 요리도 나왔다. 떫은맛이 날 것 같았는데 전혀 그렇 지 않았다.

식사를 마친 후 '대디스'라는 아이리시 바로 발을 옮겼다. 양조장에 연결된 관을 통해 맥주를 바로 받아 마실 수 있는 곳이었다.

"세상에서 가장 맛이 좋은 맥주죠." 바텐더가 만족스런 표정을 지으며 말했다. "저는 83년에 이곳에 왔어요. 그때부터 눌러 살고 있죠. 이 맥주 맛에 반해서 한 번도 고향에 돌아가고 싶다는 생각을 해본 적이 없다니까요."

그는 머스크 향이 나는 사향 맥주 두 잔을 따라주었다. 맛을 보고는 천천히 마셔야겠다고 생각했다.

"코펜하겐에서 왔나요?" 로테가 바텐더의 팔에 새겨진 문신을 보고 물었다. "브뢴뷔*군요!"

그들이 한참 동안 브뢴뷔에 관해 이야기를 나누는 동안 마리는 대화에서 서서히 벗어나 생각에 잠겼다. 몇 주 만에 처음으로 온기를 느낄 수 있었다. 키가 작달막한 덴마크인 남자가 그녀에게 다가와 말을 걸었다. 동그란 금속 안경테를 걸친 그는 덴마크 범죄자 보호소에서 일한다고 했다. 누크에 본부를 두고 여러 지역을 다니며 일을 한다고 덧붙였다. 그는 말끝마다 혀를 쯧쯧 차는 괴상한 버릇을 보였다.

그는 그린란드에서 범죄자 보호소를 운영하는 것은 쉽지 않

---

* 브뢴뷔Brøndby, 덴마크의 도시.

다고 했다. 무질서가 난무하고 가정 폭력이나 싸움도 자주 일

어난다고. 하지만 인구 200명도 채 안 되는 곳마다 감옥이나

법정을 두는 것이 불가능해서 어쩔 수 없이 여러 지역을 돌아

다니며 일한다고 했다. 최근에는 범법자를 제재하기 위해 여권

을 압수하는 방법이 도입되었다고 했다.

"그런데도 사람들은 밖으로 나가는 법이 없어요. 무슨 일이

있어도 항상 여기 머물러 있죠. 때문에 이번 조치가 큰 도움이

되지 않아요."

대화가 무르익자 노르웨이말과 덴마크말을 섞어 사용하는

것이 쉽지 않다는 것을 깨닫고 영어로 이야기를 나누기 시작했

다. 브뢴뷔에서 온 바텐더도 합세했다.

범죄자 보호소에서 일하는 남자는 낮에 보았던 회색 아파트

가 한때는 그린란드 전 인구의 주거지로 사용된 적도 있다고

말해 주었다.

"온 가족이 코딱지만 한 집에서 함께 살아야 했죠." 서툰 영

어로 말을 하면서도 말끝마다 혀를 차는 것을 잊지 않았다.

"60년대에 있었던 강제이주* 조치 때문이랍니다."

---

* 덴마크 정부는 1950년대에 그린란드 주민의 거주 시설과 생활환경 개선정책
을 폈다. 이때 원주민이었던 대부분의 이누이트를 아파트에 강제이주 시켰다.
이누이트는 도시의 삶에 적응하지 못했고, 알코올 중독과 자살률이 현저히 증
가했다._옮긴이 주

그는 이곳에 일주일만 머무를 예정이라고 되풀이해서 말했다. 때문에 할 일이 많다며 사람들에게 사향 맥주를 한 잔씩 돌렸다.

"그럼, 여기 잠시 머물렀다 다시 다른 곳으로 간다는 말이군요." 로테가 말했다.

그날 저녁의 일은 그녀에게 정상적인 삶으로 되돌아가고 있다는 느낌을 주기에 충분했다.

누크도 해가 지지 않았다. 한밤중의 햇살은 얇은 커튼 사이로 흘러들어 왔다. 길에서 아이들의 웃음소리와 자전거 소리가 끊임없이 들려왔다.

공항 출국장은 마치 노르웨이의 지방 유람선에서나 볼 수 있
는 카페 같았다. 다른 점이 있다면 의자에 물범 가죽이 씌워져
있다는 것뿐이었다. 사람들의 몸이 닿았던 곳은 가죽이 매끈매
끈하게 닳아 있었다. 의자에 앉아 보고서를 떠올렸다.

이 사건을 어떻게 간단하고도 정확하게 설명할 수 있을까?

보고서에 기입할 사항은 어떻게 선택해야 할까?

무얼 자세하게 설명해야 할까? 또, 이 사건에서 중요하지 않
은 것은 무엇일까?

"내 말이 무슨 뜻인지 이해하실 수 있나요?"

"네. 이해하기는 어렵지 않습니다. 다만 당신이 이야기한 것 중에서 중요한 것은 단 하나입니다. 그건 바로, 그들이 살아 있는 새끼 물범에게 갈고리를 사용한 것을 당신이 정말 확실하게 보았냐는 것입니다."

종소리가 울려퍼졌다. 그 옛날 고지대에 도시가 건설될 무렵 작은 만에 함께 지어 올렸던 빨간색 나무 교회에서 흘러나오는 소리였다. 교회 옆 바위 위에 서서 피오르 쪽으로 시선을 돌린 후, 천천히 양말을 벗었다. 자갈이 듬성듬성한 경사진 오솔길에는 관광객으로 보이는 나이 많은 부부가 서로 손을 잡아 주며 함께 걷고 있었다. 그들은 맨발로 서 있는 마리를 보고 미소를 지었다. 뾰족한 돌맹이들이 발바닥을 찌르는 것을 느낄 수 있었다.

근처에는 여러 명이 잔디로 뒤덮인 평원과 아름답고 잔잔한 바다를 바라보고 있었다. 그들은 고래를 기다렸다. 바다 동물의 리무진이라 불리는 이 거대한 동물이 수면 위로 우아하게 모습을 드러내기를 기다렸다. 휴대전화를 들고 기대에 가득 찬 표정으로 바다 사진을 찍었다.

북쪽에 한 무리의 대형 모터보트가 모여 있는 것을 보았다고 생각했다. 자세히 보니, 그건 모터보트가 아니라 피오르 안쪽의 빙하가 봄기운에 녹아 떠내려 온 것이었다. 교회 깃대에는 그린란드기가 걸려 있었다.

국경일이었다. 예술회관에 걸린 행사 프로그램을 보니 교회에서 아침 예배가 끝나면 예술회관까지 행진이 있을 예정이었다. 행진을 마치면 초등학교 학생들이 합창을 하고, 뒤이어 야외 광장에 음식이 마련된다고 했다. 연설도 있을 예정이었다. 저녁이 되면 사람들은 흩어져 집으로 돌아갈 것이다. 나무 벤

치와 바비큐가 마련된 선착장으로 가서 파티를 즐기는 사람도 있겠지.

종소리의 여운이 사라질 무렵 교회 문이 활짝 열렸다. 전통 복장과 정장을 차려입은 사람들이 나와 미소를 지은 채 잔디밭에 반원을 그리며 섰다. 교회 앞 계단에는 합창단이 자리를 잡았다.

그들은 자음으로 가득한 긴 노래를 불렀다. 노래에 맞춰 몸을 흔드는 합창 단원들의 모습이 일렁이는 파도 같았다. 모여 있던 사람들이 노래를 따라 부르기 시작했다. 합창단과 청중이 주고받는 노랫말은 탁 트인 광장에서 한데 만났다. 노래의 뜻은 알 수 없었다. 프로그램을 보니 그린란드의 국가 〈아주 오래된 땅You Our Ancient Land〉이었다. 여자 관광객들과 눈이 마주쳤다. 그들은 마리에게 미소를 지어 보였다. 남편으로 보이는 옆의 남자들은 고래가 나타날까 바닷물만 뚫어져라 보고 있었다.

아름답기 그지없는 순간이었다. 고요함과 의미로 가득한 순간. 바로 이 순간. 함께할 수 있다는 사실에 감사했다.

수면은 고요하게 반짝였다. 하지만 수면 아래쪽의 물살은 거셀 것이다. 빙하에서 떨어져 나온 얼음 조각이 비좁은 피오르를 빠르게 지나쳐 가고 있었다. 마리는 캐나다인 여자와 몇 마디 주고받은 후 물가로 내려갔다.

작은 모래사장을 지나 바위 위로 올라갔다. 바위는 물에 젖어 미끌거렸다. 위쪽으로는 묘지로 향하는 길이 나 있었다. 묘지를 둘러싼 나무 울타리는 비뚤비뚤했지만 아름다웠다. 울타리 안쪽의 잔디는 대부분 누렇게 말라 있었다. 소금기를 띤 공기 때문일까. 선착장까지 이어진 길 옆으로 거대한 바위들이 벽을 이루고 있었다. 모래사장과 바닷물이 만나는 곳에는 평평한 판석이 깔려 있었는데 마치 바닷물로 향하는 오솔길 같았다. 판석은 건물을 짓고 남은 자재일까. 거센 물결을 타고 흘러온 거대한 얼음 조각이 판석 앞까지 밀려왔다.

이걸 얼음 조각이라고 부르기는 적합하지 않다. 수면 위로 보이는 얼음 조각은 일부에 불과할 뿐 나머지 부분은 바닷물 속에 깊숙이 자리하고 있다. 얼음 조각은 말을 형상화한 조각 작품 같았고, 수면 아래 부분은 강렬한 옥색을 띤 채 사방으로 몇 미터나 뻗어 있을 정도로 거대했다.

이 얼음 조각은 수만 년이나 된 것일 수도 있고, 작년에 생겨난 것일 수도 있다. 상관없다. 단지 얼음맛을 보고 싶었을 뿐이다. 사람의 손이 닿지 않은 곳에서 생겨난 얼음은 얼마나 깨끗할까. 생수 광고는 백이면 백, 오랜 세월이나 깨끗함을 내세운다. 마치 오랜 물 근원지와 자연은 세상의 지혜를 모두 담고 있기라도 한 것처럼.

마리는 가볍게 뛰듯 움직이며 발을 옮겼다. 얼음 조각은 손을 뻗으면 닿을 곳에 있었다. 몇 센티미터만 더 뻗으면 얼음 조각을 손에 넣을 수 있을 것 같았다. 땅에 무릎을 대고 앉았다. 선 채로 팔을 뻗으면 균형을 잃고 넘어질 것 같았으니까.

차가운 물에 빠지고 싶진 않았다. 동네 소년들이 눈으로 그녀를 쫓고 있었다. 다음 날 학교에 가서 바닷가에서 본 낯선 여자 이야기를 할 걸 생각하며 웃었다.

저 멀리서 고무보트가 부두를 향해 들어오고 있었다. 배 안에는 남자 한 명뿐이었다. 낡은 엔진 옆의 통 사이로 라이플 총구가 삐죽이 나와 있었다. 교회 근처에서 무슨 일이 벌어지는지 보고 싶은지 남자는 보트의 머리를 돌렸다. 보트가 만든 작은 파도는 얼음 조각을 마리 쪽으로 밀어냈다.

얼음 조각에 손이 닿으면 몸 쪽으로 바짝 당겨볼 생각이었지만 얼음 조각은 꼼짝도 하지 않았다. 수면 위의 얼음 조각은 수면 아래 거대한 빙하 조각의 한 부분일 수 있다는 생각이 다시 스쳤다. 그렇다면 얼음 조각의 무게는 수 톤이 넘을지도 몰랐다. 한동안 잊고 있었던 물범 사냥의 기억이 떠올랐다. 짓눌렸던 묵직한 고통이 다시 고개를 들었다. 온몸이 부서질 것 같은 통증을 느꼈다.

미끌거리는 바위 위에서 애를 쓰다가 마침내 조그만 얼음 조각 하나를 손에 넣었다. 얼음 조각을 들어올려 햇살에 비추어 보았다. 얼음이 녹아 손 위로 흘러내렸다. 손목을 지나 흘러내리는 차가움에 소름이 끼쳤다. 얼른 얼음 조각을 입에 넣었다. 수천 년의 세월을 지닌 물.

특별한 느낌은 없었다. 어렸을 때 지붕의 고드름을 맛보았던 차가운 느낌과 다르지 않았다.

낡은 연두색 양모 스웨터 위에 주황색 방수 바지를 입은 고무보트의 남자는 갈색 하프물범을 부두 위로 던지고 양동이 속에서 가늘고 긴 칼과 수건을 꺼냈다. 캐나다에서 온 부부는 마리 옆에 자리를 잡고 남편은 물범 사진을 찍기 시작했다.

이미 물범의 몸에서는 피가 완전히 빠져나간 후였다. 남자는 신중하고 익숙한 손놀림으로 물범의 목 동맥 바로 옆에 칼자국을 냈다. 보트 안에는 가장자리에 굳은 핏자국이 묻은 지저분한 플라스틱 양동이가 두 개 있었다. 아마 물범이 흘린 피는 대부분 이미 바다에 쏟아부어졌을 것이다. 남자는 단호하고 재빠르게 손을 놀려 일을 하기 시작했다.

"오, 세상에, 리처드…," 환갑을 조금 넘긴 듯한 옆에 있던 여자가 남편에게 말했다. "너무나 야만적이에요. 사진 그만 찍어요."

부부의 모습을 바라보았다. 남편의 이름이 리처드였군. 부부는 계단을 올라 도로 쪽으로 갔다. 누크에는 어디에서나 계단을 볼 수 있다. 건물과 건물 사이, 바다로 향하는 길에도 계단이 있다. 다시 교회 종소리가 들렸다. 행진이 시작된 모양이었다. 사람들은 경건한 태도로 무리를 지어 걷기 시작했다. 행렬은 그녀를 향해 다가오고 있었다.

고무보트의 남자는 물범의 머리 부분을 쳐내기 시작했다. 손놀림이 신중했다. 길고 날카로운 칼로 칼집을 내고 자르기 시작하자 목 부분이 벌어지면서 머리가 뒤로 젖혀졌다. 그는 마지막으로 남은 근육을 잘라내기 전에 물범의 사체를 세웠다. 마리는 그다음에 어떤 상황이 벌어질지 너무나 잘 알고 있다. 위장과 간을 비롯한 내장이 판석 위로 묵직하게 쏟아져 내렸다. 남자는 나뭇배로 내려가 양동이 두 개를 가져와서는 내장을 종류별로 양동이에 나눠 담았다. 그중에는 쓸모있는 것도 있고, 버려야 할 것도 있다. 이 작업이 끝나면 남자는 물범의 머리를 떼어내고 몸체에서 살점과 지방을 도려낼 것이다. 가죽을 벗기는 일을 시작하기 전에 그 자리를 떠야겠다고 생각했다.

행렬의 가장 앞에는 전통복을 입은 여인들이 무리를 지어 걷고 있었다. 무릎까지 올라오는 긴 양모 양말에는 아름다운 오색 자수가 있었다. 허리띠에도 화려한 색의 자수가, 숄과 망토에는 노란색, 푸른색, 빨간색의 자수가 있었다. 멀리서 희미한 북소리가 들려왔다. 북소리는 교회 종소리와 섞여 다가왔다. 사람들은 덴마크말로 노래를 부르기 시작했다. 오, 우리의 오랜 조국이여.

남자는 하프물범의 머리를 쭉 뻗은 손으로 쥐고 있었다. 마리는 그 모습을 보며 생명을 존중할 줄 아는 사람이라 생각했다. 마치 어릴 적 궁정 광대였던 요릭의 두개골을 보고 슬퍼했던 햄릿처럼. 남자가 죽은 물범의 눈을 깊숙이 바라본다고 생각했던 건 그녀의 착각이었다. 남자는 그저 물범의 머리 너머로 행진을 바라보고 싶었던 것이다. 발자국과 북소리. 남자는

177

어깨너머로 물범의 머리를 무덤덤하게 바다에 던졌다. 죽은 동물의 머리는 묵직한 바윗돌처럼 수면 깊숙한 곳으로 사라졌다. 마리는 부두 앞 바닷물 속에 수천 개의 두개골이 잠겨 있을지 모른다고 생각했다.

보트의 남자가 고개를 들어 그녀를 쳐다보았다.

한 손을 들어 가볍게 인사를 건넨다.

아무 의미도 없는 눈길이다.

물범 사냥

　매년 캐나다, 노르웨이, 그린란드 등에서는 물범 사냥을 한다. 주로 봄철에 사냥을 하는 이유는 하프물범이 출산을 한 직후기 때문이다. 생후 3주까지의 새끼 하프물범이 가진 흰색 털은 모피로 상업적 가치가 크다. 질 좋은 모피를 얻으려고 하카픽이라는 도구를 이용해서 잔인하게 때려잡거나 의식이 있는 채로 가죽을 벗겨서 동물학대 논란이 계속되고 있다. 잔인한 사냥을 막기 위해서 여러 규제를 두고 있지만 현장에서는 제대로 적용되지 않고 있다. 이에 많은 국가가 잔인한 방법으로 얻은 물범에서 나오는 부산물의 거래를 금지했고, 시장이 축소되자 물범 사냥의 규모도 점차 줄어들고 있다. 한국은 물범 기름과 고기를 수입하는 주요 국가다. 기름은 건강식품인 오메가-3의 재료로, 고기는 학생들의 집중력과 기억력을 높인다는 '물범탕'의 재료로 쓰인다.

책공장더불어의 책

사향고양이의 눈물을 마시다
(한국출판문화산업진흥원 우수출판 콘텐츠 제작지원 선정, 환경부 선정 우수환경도서, 학교도서관저널 추천도서, 국립중앙도서관 사서가 추천하는 휴가철에 읽기 좋은 책, 환경정의 올해의 환경책)
내가 마신 커피 때문에 인도네시아 사향고양이가 고통받는다고? 내 선택이 세계 동물에게 미치는 영향, 동물을 죽이는 것이 아니라 살리는 선택에 대해 알아본다.

동물들의 인간 심판
(대한출판문화협회 올해의 청소년 교양도서, 세종도서 교양부문, 환경정의 청소년 환경책, 아침독서 청소년 추천도서, 학교도서관저널 추천도서)
동물을 학대하고, 학살하는 범죄를 저지른 인간이 동물 법정에 선다. 고양이, 돼지, 소 등은 인간의 범죄를 증언하고 개는 인간을 변호한다. 이 재판의 결과는?

동물학대의 사회학
(학교도서관저널 올해의 책)
동물학대와 인간폭력 사이의 관계를 설명한다. 페미니즘 이론 등 여러 이론적 관점을 소개하면서 앞으로 동물학대 연구가 나아갈 방향을 제시한다.

동물주의 선언
(환경부 선정 우수환경도서)
현재 가장 영향력 있는 정치철학자가 쓴 인간과 동물이 공존하는 사회로 가기 위한 철학적·실천적 지침서.

인간과 동물, 유대와 배신의 탄생
(환경부 선정 우수환경도서, 환경정의 선정 올해의 환경책)
최대의 동물보호단체 휴메인소사이어티 대표가 쓴 21세기 동물해방의 새로운 지침서. 농장동물, 반려동물, 실험동물, 야생동물 등에 대한 현대의 모든 동물학대에 대해 다룬다.

동물원 동물은 행복할까?
(환경부 선정 우수환경도서, 학교도서관저널 추천도서)
동물원 북극곰은 야생에서 필요한 공간보다 100만 배, 코끼리는 1,000배 작은 공간에 갇혀 산다. 야생동물보호운동 활동가가 기록한 갇힌 야생동물의 참혹한 삶.

유기동물에 관한 슬픈 보고서
(환경부 선정 우수환경도서, 어린이도서연구회에서 뽑은 어린이·청소년 책, 한국 간행물윤리위원회 좋은 책, 어린이문화진흥회 좋은 어린이책)
동물보호소에서 안락사를 기다리는 유기견, 유기묘의 모습을 사진으로 담았다. 인간에게 버려져 죽임을 당하는 그들의 모습을 통해 인간이 애써 외면하는 불편한 진실을 고발한다.

버려진 개들의 언덕
인간에 의해 버려져서 동네 언덕에서 살게 된 개들의 이야기. 새끼를 낳아 키우고, 사람들에게 학대를 당하고, 유기견 추격대에 쫓기면서도 치열하게 살아가는 생명들의 2년간의 관찰기.

개에게 인간은 친구일까?
인간에 의해 버려지고 착취당하고 고통받는 우리가 몰랐던 개 이야기. 다양한 방법으로 개를 구조하고 보살피는 사람들의 이야기가 그려진다.

동물은 전쟁에 어떻게 사용되나?
전쟁은 인간만의 고통일까? 자살폭탄 테러범이 된 개 등 고대부터 현대 최첨단 무기까지, 우리가 몰랐던 동물 착취의 역사.

인간과 개, 고양이의 관계심리학
함께 살면 개, 고양이와 반려인은 닮을까? 동물학대는 인간학대로 이어질까? 248가지 심리실험을 통해 알아보는 인간과 동물이 서로에게 미치는 영향에 관한 심리 해설서.

고통받은 동물들의 평생 안식처 동물보호구역

(환경부 선정 우수환경도서, 환경정의 올해의 어린이 환경책, 한국어린이교육문화연구원 으뜸책)

고통받다가 구조되었지만 오갈 데 없었던 야생동물의 평생 보금자리. 저자와 함께 전 세계 동물보호구역을 다니면서 행복하게 살고 있는 동물을 만난다.

동물 쇼의 웃음 쇼 동물의 눈물

(한국출판문화산업진흥원 청소년 권장도서, 한국출판문화산업진흥원 청소년 북토큰 도서)

동물 서커스와 전시, TV와 영화 속 동물 연기자, 투우, 투견, 경마 등 동물을 이용해서 돈을 버는 오락산업 속 고통받는 동물들의 숨겨진 진실을 밝힌다.

고등학생의 국내 동물원 평가 보고서

(환경부 선정 우수환경도서)

인간이 만든 '도시의 야생동물 서식지' 동물원에서는 무슨 일이 일어나고 있나? 국내 9개 주요 동물원이 종보전, 동물복지 등 현대 동물원의 역할을 제대로 하고 있는지 평가했다.

묻다

(환경부 선정 우수환경도서)

구제역, 조류독감으로 거의 매년 동물의 살 처분이 이뤄진다. 저자는 매몰지 100여 곳을 찾아다니며 기록했다. 우리는 동물을 죽일 권한이 있는가.

야생동물병원 24시

(어린이도서연구회에서 뽑은 어린이·청소년 책, 한국출판문화산업진흥원 청소년 북토큰 도서)

로드킬 당한 삵, 밀렵꾼의 총에 맞은 독수리, 건강을 되찾아 자연으로 돌아가는 너구리 등 대한민국 야생동물이 사람과 부대끼며 살아가는 슬프고도 아름다운 이야기.

똥으로 종이를 만드는 코끼리 아저씨

(환경부 선정 우수환경도서, 한국출판문화산업진흥원 청소년 권장도서, 서울시교육청 어린이도서관 여름방학 권장도서, 한국출판문화산업진흥원 청소년 북토큰 도서)

코끼리 똥으로 만든 재생종이 책. 코끼리 똥으로 종이와 책을 만들면서 사람과 코끼리가 평화롭게 살게 된 이야기를 코끼리 똥 종이에 그려냈다.

채식하는 사자 리틀타이크

(아침독서 추천도서, 교육방송 EBS 〈지식채널e〉 방영)

육식동물인 사자 리틀타이크는 평생 피 냄새와 고기를 거부하고 채식 사자로 살며 개, 고양이, 양 등과 평화롭게 살았다. 종의 본능을 거부한 채식 사자의 9년간의 아름다운 삶의 기록.

후쿠시마에 남겨진 동물들

(미래창조과학부 선정 우수과학도서, 환경부 선정 우수환경도서, 환경정의 청소년 환경책)

2011년 3월 11일, 대지진에 이은 원전 폭발로 사람들이 떠난 일본 후쿠시마. 다큐멘터리 사진작가가 담은 '죽음의 땅'에 남겨진 동물들의 슬픈 기록.

후쿠시마의 고양이

(한국어린이교육문화연구원 으뜸책)

2011년 동일본 대지진 이후 5년. 사람이 사라진 후쿠시마에서 살처분 명령이 내려진 동물을 죽이지 않고 돌보고 있는 사람과 함께 사는 두 고양이의 모습을 담은 사진집.

고양이 그림일기

(한국출판문화산업진흥원 이달의 읽을 만한 책)

장군이와 흰둥이, 두 고양이와 그림 그리는 한 인간의 일 년 치 그림일기. 종이 다른 개체가 서로의 삶의 방법을 존중하며 사는 잔잔하고 소소한 이야기.

고양이 임보일기

《고양이 그림일기》의 이새벽 작가가 새끼 고양이 다섯 마리를 구조해서 입양 보내기까지의 시끌벅적한 임보 이야기를 그림으로 그려냈다.

우주식당에서 만나

(한국어린이교육문화연구원 으뜸책)

2010년 볼로냐 어린이도서전에서 올해의 일러스트레이터로 선정되었던 신현아 작가가 반려동물과 함께 사는 이야기를 네 편의 작품으로 묶었다.

고양이는 언제나 고양이였다

고양이를 사랑하는 나라 터키의, 고양이를 사랑하는 두 작가가 쓰고 그린 고양이에게 보내는 러브레터.

대단한 돼지 에스더

(환경부 선정 우수환경도서, 학교도서관저널 추천도서)

인간과 동물 사이의 사랑이 얼마나 많은 것을 변화시킬 수 있는지 알려주는 놀라운 이야기. 300킬로그램의 돼지 덕분에 파티를 좋아하던 두 남자가 채식을 하고, 동물보호 활동가가 되는 놀랍고도 행복한 이야기.

동물을 만나고 좋은 사람이 되었다

(한국출판문화산업진흥원 출판 콘텐츠 창작자금지원 선정)

개, 고양이와 살게 되면서 반려인은 동물의 눈으로, 약자의 눈으로 세상을 보는 법을 배운다. 동물을 통해서 알게 된 세상 덕분에 조금 불편해졌지만 더 좋은 사람이 되어 가는 개·고양이에 포섭된 인간의 성장기.

동물과 이야기하는 여자

SBS 〈TV 동물농장〉에 출연해 화제가 되었던 애니멀 커뮤니케이터 리디아 히비가 20년간 동물들과 나눈 감동의 이야기. 병으로 고통받는 개, 안락사를 원하는 고양이 등과 대화를 통해 문제를 해결한다.

개.똥.승. (세종도서 문학 부문)

어린이집의 교사이면서 백구 세 마리와 사는 스님이 지구에서 다른 생명체와 더불어 좋은 삶을 사는 방법, 모든 생명이 똑같이 소중하다는 진리를 유쾌하게 들려준다.

노견 만세

퓰리처상을 수상한 글 작가와 사진 작가의 사진 에세이. 저마다 생애 최고의 마지막 나날을 보내는 노견들에게 보내는 찬사.

강아지 천국

반려견과 이별한 이들을 위한 그림책. 들판을 뛰놀다가 맛있는 것을 먹고 잠들 수 있는 곳에서 행복하게 지내다가 천국의 문 앞에서 사람 가족이 오기를 기다리는 무지개다리 너머 반려견의 이야기.

고양이 천국

(어린이도서연구회에서 뽑은 어린이·청소년 책)

고양이와 이별한 이들을 위한 그림책. 실컷 놀고, 먹고, 자고 싶은 곳에서 잘 수 있는 곳. 그러다가 함께 살던 가족이 그리울 때면 잠시 다녀가는 고양이 천국의 모습을 그려냈다.

펫로스 반려동물의 죽음

(아마존닷컴 올해의 책)

동물 호스피스 활동가 리타 레이놀즈가 들려주는 반려동물의 죽음과 무지개다리 너머의 이야기. 펫로스(pet loss)란 반려동물을 잃은 반려인의 깊은 슬픔을 말한다.

깃털, 떠난 고양이에게 쓰는 편지

프랑스 작가 클로드 앙스가리가 먼저 떠난 고양이에게 보내는 편지. 한 마리 고양이의 삶과 죽음, 상실과 부재의 고통, 동물의 영혼에 대해서 써 내려간다.

암 전문 수의사는 어떻게 암을 이겼나

암에 걸린 암 수술 전문 수의사가 동물 환자들을 통해 배운 질병과 삶의 기쁨에 관한 이야기가 유쾌하고 따뜻하게 펼쳐진다.

개, 고양이 사료의 진실

미국에서 스테디셀러를 기록하고 있는 책으로 반려동물 사료에 대한 알려지지 않은 진실을 폭로한다. 2007년도 멜라민 사료 파동 취재까지 포함된 최신판이다.

개가 행복해지는 긍정교육

개의 심리와 행동학을 바탕으로 한 긍정교육법으로 50만 부 이상 판매된 반려인의 필독서. 짖기, 물기, 대소변 가리기, 분리불안 등의 문제를 평화롭게 해결한다.

개 피부병의 모든 것

홀리스틱 수의사인 저자는 상업사료의 열악한 영양과 과도한 약물사용을 피부병 증가의 원인으로 꼽는다. 제대로 된 피부병 예방법과 치료법을 제시한다.

우리 아이가 아파요!
개·고양이 필수 건강 백과

새로운 예방접종 스케줄부터 우리나라 사정에 맞는 나이대별 흔한 질병의 증상·예방·치료·관리법, 나이 든 개, 고양이 돌보기까지 반려동물을 건강하게 키울 수 있는 필수 건강백서.

개·고양이 자연주의 육아백과

세계적으로 50만 부 이상 팔린 베스트셀러로 반려인, 수의사의 필독서. 최상의 식단, 올바른 생활습관, 암, 신장염, 피부병 등 각종 병에 대한 대처법도 자세히 수록되어 있다.

임신하면 왜 개, 고양이를 버릴까?

임신, 출산으로 반려동물을 버리는 나라는 한국이 유일하다. 세대 간 문화충돌, 무책임한 언론 등 임신, 육아로 반려동물을 버리는 사회현상에 대한 분석과 안전하게 임신, 육아 기간을 보내는 생활법을 소개한다.

사람을 돕는 개 (한국어린이교육문화연구원 으뜸책, 학교도서관저널 추천도서)

안내견, 청각장애인 도우미견 등 장애인을 돕는 도우미견과 인명구조견, 흰개미탐지견, 검역견 등 사람과 함께 맡은 역할을 해내는 특수견을 만나본다.

용산 개 방실이 (어린이도서연구회에서 뽑은 어린이·청소년 책, 평화박물관 평화책)

용산에도 반려견을 키우며 일상을 살아가던 이웃이 살고 있었다. 용산 참사로 갑자기 아빠가 떠난 뒤 24일간 음식을 거부하고 스스로 아빠를 따라간 반려견 방실이 이야기.

치료견 치로리 (어린이문화진흥회 좋은 어린이책)

비 오는 날 쓰레기장에 버려진 잡종개 치로리. 죽음 직전 구조된 치로리는 치료견이 되어 전신마비 환자를 일으키고, 은둔형 외톨이 소년을 치료하는 등 기적을 일으킨다.

나비가 없는 세상
(어린이도서연구회에서 뽑은 어린이·청소년 책)

고양이 만화가 김은희 작가가 그려내는 한국 최고의 고양이 만화. 신디, 페르캉, 추새. 개성 강한 세 마리 고양이와 만화가의 달콤쌉싸래한 동거 이야기.

햄스터

햄스터를 사랑한 수의사가 쓴 햄스터 행복·건강 교과서. 습성, 건강관리, 건강식단 등 햄스터 돌보기 완벽 가이드.

토끼

토끼를 건강하고 행복하게 오래 키울 수 있도록 돕는 육아 지침서. 습성·식단·행동·감정·놀이·질병 등 모든 것을 담았다.

물범 사냥

초판 1쇄 2020년 7월 30일

지은이 토르 에벤 스바네스
옮긴이 손화수

편 집 김보경
교 정 김수미
디자인 나디하 스튜디오(khj9490@naver.com)
인 쇄 정원문화인쇄

펴낸이 김보경
펴낸곳 책공장더불어

책공장더불어

주 소 서울시 종로구 혜화동 5-23
대표전화 (02)766-8406
팩 스 (02)766-8407
이메일 animalbook@naver.com
블로그 http://blog.naver.com/animalbook
페이스북 @animalbook4 **인스타그램** @animalbook.modoo
출판등록 2004년 8월 26일 제300-2004-143호

ISBN 978-89-97137-41-1 (03850)

*잘못된 책은 바꾸어 드립니다.
*값은 뒤표지에 있습니다.